한국
단편
문학

부모님을 위한
큰 글씨 소설
2

한국 단편 문학
부모님을 위한 큰 글씨 소설 2

발　행 | 2023년 09월 01일
저　자 | 이효석 외 5인
펴낸이 | 한건희
펴낸곳 | 주식회사 부크크
출판사등록 | 2014.07.15.(제2014—16호)
주　소 | 서울 금천구 가산디지털1로 119 SK트윈테크타워 A동
　　　　305—7호
전　화 | 1670—8316
이메일 | info@bookk.co.kr

ISBN | 979-11-410-4257-8

www.bookk.co.kr

한국 단편 문학

부모님을 위한

큰 글씨 소설 2

글 : 이효석 외 5인

목차

머리말

머리말

<u>어머니, 아버지!</u>

꽃다운 청춘을 지나 인생의 속도 80km로 달리는 팔순을 바라보시는데도 항상 자녀들이 어떻게 지내는지 걱정부터 하십니다.

<u>부모님 세대!</u>

한평생 자식들의 성공을 위해 삶의 전부를 희생하시고 홀연히 남은 고향에서 하루하루 지루한 시간을 보내십니다.

<u>100세 시대!</u>

노년 시기를 맞이한 부모님이 '소녀, 소년 시절의 추억과 평안한 시간을 보내는 방법이 없을까?' 고민하던 중 가슴 깊이 자리 잡은 〈한국 근대 단편소설〉을 만났습니다.

20세기 문학가!

일제강점기 격동의 세월 속에 희로애락(喜怒哀樂)을 겪으며 한시도 쉼 없이 일만 하시고, 이제 지나간 시간을 회상하는 설움과 한(恨)이 아닌 문학을 통해 행복, 평안, 치유 시간을 느꼈으면 하는 바람으로 '큰 글씨' 책을 출간하게 되었습니다.

'세월이 유수(流水) 같다.'

우리 속담처럼 세월이 흐르는 물과 같이 부모 세대 시간도 황혼(黃昏)을 맞이했지만, 아름다운 노을처럼 행복한 삶을 보내시길 소망합니다.

삶이 조금 더 행복하고 평안하시길……
과거의 고통 속에서 살지 않으시길……

못다 한 배움에 대한 한 자, 한 자 열정으로 시집을 읽어가는 기쁨으로 채우시기를……

이러한 마음을 담아, '큰 글씨 소설'을 부모님께 선물할 수 있도록 기획했습니다.

시집을 읽으며 마음의 치유를 통해 행복한 인생, 평안한 삶을 누리시길 소망합니다.

"오늘도 부모님의 모습이 바람에 스치운다."

사랑합니다.

존경하는 _____ __ 님께

사랑하는 _____ 드림

한국
단편
소설

■ 금 따는 콩밭

——————— 김유정

——

땅속 저 밑은 늘 음침하다.

고달픈 간드렛 불[1], 맥없이 푸르끼하다.

밤과 달라서 낮엔 되우 흐릿하였다.

겉으로 황토 장벽으로 앞뒤 좌우가 콕 막힌 좁직한 구덩이. 흡사히 무덤 속같이 귀중중하다. 싸늘한 침묵, 쿠더브레한[2] 흙내와 징그러운 냉기만이 그 속에 자욱하다.

---

1) 간드레(candle) 불, 광산의 갱(坑) 안에서 불을 켜 들고 다니는 카바이드등.
2) 쿠더브레한, 상하고 찌들어 바위가 상할 정도로 쿠 더분하다.

곡괭이는 뻔질 흙을 이르집는다. 암팡스럽게 내려쪼며,

'퍽 퍽 퍼억.'

이렇게 메떨어진 소리뿐. 그러나 간간 우수수하고 벽이 헐린다. '영식'이는 일손을 놓고 소맷자락을 끌어당기어 얼굴의 땀을 훑는다. 이놈의 줄이 언제나 잡힐는지 기가 찼다. 흙 한 줌을 집어 코밑에 바짝 들여대고 손가락으로 샅샅이 뒤져본다. 완연히 버력은 좀 변한 듯싶다. 그러나 불통 버력이 아주 다 풀린 것도 아니었다. 말똥버력[3]이라야 금이 온다는데 왜 이리 안 나오는지.

곡괭이를 다시 집어 든다. 땅에 무릎을 꿇고 궁둥이를 번쩍 든 채 식식거린다. 곡괭이는 무작정 내려찍는다. 바닥에서 물이 스미어 무르팍

---

3) 말똥버력, 양파 모양으로 벗겨져 부스러지기 쉬운 버력.

이 흥건히 젖었다. 굿 엎은 천판에서 흙방울은 내리며 목덜미로 굴러든다. 어떤 때에는 웃벽의 한쪽이 떨어지며 등을 탕 때리고 부서진다.

그러나 그는 눈도 하나 깜짝하지 않는다. 금을 캔다고 콩밭 하나를 다 잡쳤다. 약이 올라서 죽을 둥 살 둥 눈이 뒤집힌 이 판이다. 손바닥에 침을 탁 뱉고 곡괭이 자루를 한번 꼰아잡더니 쉴 줄 모른다.

등 뒤에서는 흙 긁는 소리가 드윽드윽 난다. 아직도 버력을 다 못 친 모양. 이 자식이 일을 하나 시졸 하나. 남은 속이 바직바직 타는데 웬 뱃심이 이리도 좋아.

영식이는 살기 띤 시선으로 고개를 돌렸다. 암말 없이 수재를 노려본다. 그제야 꾸물꾸물 바지게에 흙을 담고 등에 메고 사다리를 올라간다.

굿이 풀리는지 벽이 우찔하였다. 흙이 부서져 내린다. 전날이라면 이곳에서 아내 한번 못하고 생죽음이나 안 할까 털끝까지 쭈뼛할 게다. 그러나 이젠 그렇게 되고도 싶다. 수재란 놈하고 흙더미에 묻히어 한껍에 죽는다면 그게 오히려 날게다.

이렇게까지 몹시, 몹시 미웠다.

이놈 풍치는 바람에 애꿎은 콩밭 하나만 결딴을 냈다. 그뿐만 아니라 모두가 낭패다. 세 벌 논도 못 맸다. 논둑의 풀은 성큼 자란 채 어지러이 널려 있다. 이 기미를 알고 지주는 대로하였다. 내년부터는 농사 질 생각을 말라고 발을 굴렀다. 땅은 암만을 파도 지수가 없다.

이만해도 다섯 길은 훨씬 넘었으리라. 좀 더 지펴야 옳을지 혹은 북으로 밀어야 옳을지, 우두커니 망설거린다. 금점4) 일에는 푸뜸이다. 입때껏 수재의 지휘를 받아 일을 하여왔고, 앞으로도 역 그러해야 금을 딸 것이다. 그러나 그런 칙칙한 짓은 안 한다.

"이리 와 이것 좀 파게."

그는 어쭙잖은 위풍을 보이며 이렇게 분부하였다. 그리고 저는 일어나 손을 털며 뒤로 물러선다. 수재는 군말 없이 고분하였다. 시키는 대로 땅에 무릎을 꿇고 벽채로 군버력을 긁어낸 다음 다시 파기 시작한다.

영식이는 치다 나머지 버력을 짊어진다. 커다란 걸대를 뒤뚝거리며 사다리로 기어오른다. 굿문을 나와 버력더미에 흙을 막 내치려 할 제,

"왜 또 파. 이것들이 미쳤나 그래!"

산에서 내려오는 마름과 맞닥뜨렸다. 정신이 떠름하여 그대로 벙벙히 섰다. 오늘은 또 무슨

---

4) 금점(金店), 금을 캐내는 광산, 관청의 허가를 받아 금을 캐고 제련하던 곳.

포악을 들으려는가.

"말라니까 왜 또 파는 게야."

하고 영식이의 바지게 뒤를 지팡이로 콱 찌르더니,

"갈아먹으라는 밭이지 흙 쓰고 들어가라는 거야, 이 미친것들아. 콩밭에서 웬 금이 나온다고 이 지랄들이야 그래."

하고 목에 핏대를 올린다. 밭을 버리면 간수 잘못한 자기 탓이다. 날마다 와서 그 북새를 피고 금하여도 담날 보면 또 여전히 파는 것이다.

"오늘로 이 구덩이를 도로 묻어놔야지 낼로 당장 징역 갈 줄 알게."

너무 감정에 격하여 말도 잘 안 나오고 떠듬 떠듬 거린다. 주먹은 곧 날아들 듯이 허구리에서 불불 떤다.

"오늘만 좀 해보고 고만두겠어유."

영식이는 낯이 붉어지며 가까스로 한마디 하였다. 그리고 무턱대고 빌었다. 마름은 들은 척도 안 하고 가버린다. 그 뒷모양을 영식이는 멀거니 배웅하였다. 그러나 콩밭 낯짝을 들여다보니 무던히 애통터진다. 멀쩡한 밭에 가 구멍이 사면 풍풍 뚫렸다.

예제없이 버력은 무더기, 무더기 쌓였다. 마치 사태 만난 공동묘지와도 같이 귀살쩍고 되우 을씨년스럽다. 그다지 잘되었던 콩 포기는 거반 버력더미에 다 깔려버리고 군데군데 어쩌다 남은 놈들만이 고개를 나풀거린다. 그 꼴을 보는 것도 자식 죽는 걸 보는 게 낫지 차마 못 할 경상이었다.

농토는 모조리 떨어질 것이다. 그러나 대관절 올 밭도지 벼 두 섬 반은 뭐로 해내야 좋을지. 게다 밭을 망쳤으니 자칫하면 징역을 갈는지도 모른다. 영식이가 구덩이 안으로 들어왔을 때 동무는 땅에 주저앉아 쉬고 있었다. 태연 무심히 담배만 뻑뻑 피는 것이다.

"언제나 줄을 잡는 거야."

"인제 차차 나오겠지."

"인제 나온다."

하고 코웃음치고 헛먹더니 조금 지나매,

"이 새끼."

흙덩이를 집어 들고 골통을 내려친다.

수재는 어쿠 하고 그대로 폭 엎드린다. 그러다 벌떡 일어선다. 눈에 띄는 대로 곡괭이를 잡자 대뜸 달려들었다. 그러나 강약이 부동. 왁살스러운 팔뚝에 튕겨져 벽에 가서 쿵 하고 떨어졌다. 그 순간에 제가 빼앗긴 곡괭이가 정백이를 겨누고 날아드는 걸 보았다. 고개를 홱 돌린다. 곡괭이는 흙벽을 퍽 찍고 다시 나간다.

수재 이름만 들어도 영식이는 이가 갈렸다. 분명히 홀딱 속은 것이다.

영식이는 본디 금전에 이력이 없었다. 그리고 흥미도 없었다. 다만 밭고랑에 웅크리고 앉아서 땀을 흘려가며 꾸벅꾸벅 일만 하였다. 올엔 콩도 뜻밖에 잘 열리고 맘이 좀 놓였다. 하루는 홀로 김을 매고 있노라니까,

"여보게, 덥지 않은가. 좀 쉬었다 하게."

고개를 들어보니 수재다. 농사는 안 짓고 금전으로만 돌아다니더니 무슨 바람에 또 왔는지 싱글벙글한다. 좋은 수나 걸렸나 하고,

"돈 좀 많이 벌었나. 나 좀 주게."

"벌구 말구, 맘껏 먹고 맘껏 쓰고 했네."

술에 거나한 얼굴로 신껏 주적거린다. 그리고 밭머리에 쭈그리고 앉아 한참 객설을 부리더니,

"자네, 돈벌이 좀 안 할려나. 이 밭에 금이 묻

혔네! 금이."

"뭐?" 하니까,

바로 이 산 너머 큰골에 광산이 있다. 광부를 삼백여 명이나 부리는 노다지판인데 매일 소출되는 금이 칠십 냥을 넘는다. 돈으로 치면 칠천 원. 그 줄 맥이 큰 산허리를 뚫고 이 콩밭으로 뻗어 나왔다는 것이다. 둘이서 파면 불과 열흘 안에 줄을 잡을 게고, 적어도 하루 서너 돈씩은 따리라.

우선 삼십만 원만해도 얼마냐. 소를 산대도 만 필이 아니냐고. 그러나 영식이는 귀담아듣지 않았다. 금점이란 칼 물고 뜀뛰기다, 잘되면 이거니와 못되면 신세만 조진다, 이렇게 전일부터 들은 소리가 있어서였다. 그 담날두 와서 찍송거리다5) 갔다.

---

5) 찍송거리다, 듣기 좋거나 능숙한 말솜씨로 남을 자꾸 꾀다.

셋째 번에는 집으로 찾아왔는데 막걸리 한 병을 손에 떡 들고 영을 피운다. 몸이 달아서 또 온 것이었다. 봉당에 걸터앉아서 저녁상을 물끄러미 바라보더니 조당수는 몸을 훑는다는 둥 일꾼은 든든히 먹어야 한다는 둥 남들은 논을 사느니 밭을 사느니 떠드는데 요렇게 지내다 그만둘 테냐는 둥 일쩌웁게 지껄인다.

"아주머니, 이것 좀 먹게 해주시게유."

그리고 비로소 영식이 아내에게 술병을 내놓는다. 그들은 밥상을 끼고 앉아서 즐겁게 술을 마셨다. 몇 잔이 들어가고 보니 영식이의 생각도 돌아섰다. 딴은 1년 고생하고 끽 콩 몇 섬 얻어먹느니보다는 금을 캐는 것이 슬기로운 짓이다.

하루에 잘만 캔다면 한 해 줄곧 공들인 그 수확보다 훨씬 이익이다. 올봄 보낼 제 비료 값,

품삯, 빚내어 빚진 칠 원 까닭에 나날이 졸리는 이 판이다. 이렇게 지지하게 살고 말 바에는 차라리 가로지나 세로지나 사내자식이 한번 해볼 것이다.

"내일부터 우리 파보세. 돈만 있으면 이야 그까짓 콩은…"

수재가 안달 나게 재우쳐 보채일 제 선뜻 응낙하였다.

"그래 보세. 빌어먹을 거 안 됨 고만이지."

그러나 꽁무니에서 죽을 마시고 있던 아내가 허구리를 쿡쿡 찔렀게 망정이지 그렇지 않았다면 좀 주저할 뻔도 하였다.

아내는 아내대로의 심이 빨랐다. 시체는 금점이 판을 잡았다. 섣부르게 농사만 짓고 있다간 결국 비렁뱅이밖에는 더 못 된다. 얼마 안 있으면 산이고 논이고 밭이고 할 것 없이 다 금쟁이 손에 구멍이 뚫리고 뒤집히고 뒤죽박죽이 될 것이다. 그때는 뭘 파먹고 사나.

자, 보아라. 머슴들은 짜위나 한 듯이 일하다 말고 후딱 하면 금점으로든 내빼지 않는가. 일 꾼이 없어서 올엔 농사를 질 수 없느니 마느니 하고 동리에서는 떠들썩하다. 그리고 번동 포농 이 쫓아 호미를 내어던지고 강변으로 개울로 사 금을 캐러 달아난다. 그러나 며칠 뒤에는 다비 신에다 옥당목을 떨치고 히짜를 뽑는 것이 아닌 가.

아내는 콩밭에서 금이 날 줄은 아주 꿈밖이었 다. 놀라고도 또 기뻤다. 올해는 노상 침만 삼 키던 그놈 코다리(명태)를 짜장 먹어보겠구나, 만 하여도 속이 메질 듯이 짜릿하였다. 뒷집 '양근' 댁은 금점 덕택에 남편이 사다 준 흰 고 무신을 신고 나릿나릿 걷는 것이 무척 부러웠다. 저도 얼른 금이나 펑펑 쏟아지면 흰 고무신도 신고 얼굴에 분도 바르고 하리라.

"그렇게 해보지 뭐. 저 양반 하잔 대로만 하면 어련히 잘될라구."

얼뚤하여(얼떨떨하여) 앉아있는 남편을 이렇게 추겼던 것이다.

동이 트기 무섭게 콩밭으로 모였다. 수재는 진언이나 하는 듯 이리대고 중얼거리고 저리대고 중얼거리고 하였다. 그리고 덤벙거리며 이리 왔다가 저리 왔다가 하였다. 제 딴은 땅속에 누운 줄 맥을 어림하여 보는 맥(脈)6)이었다.

한참을 밭을 헤매다가 산 쪽으로 붙은 한구석에 딱 서며 손가락을 펴들고 설명한다. 큰 줄이란 본시 산운 산을 끼고 도는 법이다. 이 줄이 노다지임에는 필시 이켠으로 버듬히 누웠으리

---

6) 맥(脈), 암석의 갈라진 틈에 유용 광물이 많이 묻혀 있는 부분.

라. 그러니 여기서부터 파 들어가자는 것이었다.

영식이는 그 말이 무슨 소린지 새기지는 못했다. 마는 금점에는 난다는 수재이니 그 말대로 하기만 하면 영락없이 금퇴야 나겠지 하고 그것만 꼭 믿었다. 군말 없이 지시해 받은 곳에다 삽을 폭 꽂고 파헤치기 시작하였다.

금도, 금이면 애써 키워온 콩도 콩이었다. 거의 다 자란 허울 멀쑥한 놈들이 삽 끝에 으스러지고 흙에 묻히고 하는 것이다. 그걸 보는 것은 썩 속이 아팠다. 애틋한 생각이 물밀 때 가끔 삽을 놓고 허리를 구부려서 콩잎의 흙을 털어주기도 하였다.

"아, 이 사람아, 맥쩍게 그건 봐 뭘 해, 금을 캐자니깐."

"아니야, 허리가 좀 아파서!"

핀잔을 얻어먹고는 좀 열없었다. 하기는 금만 잘 터져 나오면 이까진 콩밭쯤이야. 이 밭을 풀어 논도 만들 수 있을 것이다. 눈을 감아버리고 삽의 흙을 아무렇게나 콩잎 위로 홱홱 내어던진다.

"구구루 땅이나 파먹지 이게 무슨 지랄들이야!"

동리 노인은 뻔질 찾아와서 귀 거친 소리를 하고 하였다.

밭에 구멍을 셋이나 뚫었다. 그리고 대구 뚫는 길이었다. 금인가 난장을 맞을 건가? 그것 때문에 농군은 버렸다. 이게 필연코 세상이 망하려는 징조이리라. 그 소중한 밭에다 구멍을 뚫고 이 지랄이니 그놈이 온전할 겐가.

노인은 제물 화에 지팡이를 들어 삿대질을 아니 할 수 없었다.

"벼락 맞느니 벼락 맞어."

"염려 말아유. 누가 알래지유."

영식이는 그럴 적마다 데퉁스리7) 쏘았다. 골김에 흙을 되는대로 내 꼰 지고는 침을 탁 뱉고 구뎅이로 들어간다. 그러나 마음 한구석에는 언제나 끄은 하였다. 줄을 찾는다고 콩밭을 통이 뒤집어놓았다. 그리고 줄이 언제나 나올지 아직 까맣다. 논도 못 매고 물도 못 보고 벼가 어이 되었는지 그것조차 모른다. 밤에는 잠이 안 와 멀뚱하니 애를 태웠다.

수재는 낙담하는 기색도 없이 늘 하냥(함께)이었다. 땅에 웅숭그리고 시적시적 노량으로 땅만 판다.

"줄이 꼭 나오겠나?"

하고 목이 말라서 물으면,

---

7) 데퉁, 말과 행동이 거칠고 미련하다.

"이번에 안 나오거든 내 목을 비게."

서슴지 않고 장담을 하고는 꿋꿋하였다.

이걸 보면 영식이도 마음이 좀 뇌는 듯싶었다. 전들 금이 없다면 무슨 멋으로 이 고생을 하랴. 반드시 금은 나올 것이다. 그제서는 이왕 손해는 하릴없거니와 고만두리라는 절망이 스스로 사라지고 다시금 주먹이 쥐어지는 것이었다.

캄캄하게 밤은 어두웠다. 어디선가 뭇 개가 요란히 짖어 대인다.

남편은 진흙투성이를 하고 산에서 내려왔다. 풀이 죽어서 몸을 잘 가누지도 못하고 아랫목에 축 늘어진다.

이 꼴을 보니 아내는 맥이 다시 풀린다. 오늘도 또 글렀구나. 금이 터지 며는 집을 한 채 사 간다고 자랑을 하고 왔더니 이내 헛일이었다. 인제 좌지가 나서 낯을 들고 나아갈 염의조차 없어졌다.

남편에게 저녁을 갖다 주고 딱하게 바라본다.

"인젠 꿔온 양식도 다 먹었는데…"

"새벽에 산제를 좀 지낼 텐데 한 번만 더 꿔
와."

남의 말에는 대답 없고 유하게 흘게 늦은 소
리뿐 그리고 드러누운 채 눈을 지그시 감아버린
다.

"죽거리두 없는데 산제는 무슨…"

"듣기 싫어, 요망 맞은 년 같으니."

이 호통에 아내는 고만 멈칫하였다. 요즘 와서
는 무턱대고 공연히 골만 내는 남편이 역 딱하
였다. 환장을 하는지 밤잠도 아니 자고 소리만
뻑뻑 지르며 덤벼들려고 든다. 심지어 어린것이
좀 울어도 이 자식 갖다 내꾼지라고 북새를 피
는 것이다.

저녁을 아니 먹으므로 그냥 치워버렸다. 남편의 영을 거역키 어려워 양근 댁한테로 또다시 안 갈 수 없다. 그간 양식은 줄곧 꾸어다 먹고 갚지도 못하였는데 또 무슨 면목으로 입을 벌릴지 난처한 노릇이었다.

그는 생각다 끝에 있는 염치를 보째 쏟아 던지고 다시 한 번 찾아가는 것이다. 마는 딱 맞닥뜨리어 입을 열고,

"낼 산제를 지낸다는데 쌀이 있어야지유."

하자니 역 낯이 화끈하고 모닥불이 날아든다.

그러나 그들은 어지간히 착한 사람이었다.

"암 그렇지요. 산신이 벗나면 죽도 글릅니다."

하고 말을 받으며 그 남편은 빙그레 웃는다. 워낙 이 금점에 장구 닳아 난 몸인 만치 이런 일에는 적잖이 속이 틔었다. 손수 쌀 닷 되를 떠다 주며,

"산제란 안 지냄 몰라두 이왕 지낼려면 아주 정성껏 해야 됩니다. 산신이란 노하길 잘하니까유."

하고 그 비방까지 깨쳐 보낸다.

쌀을 받아들고 나오며 영식이 처는 고마움보다 먼저 미안에 질리어 얼굴이 다시 빨갰다. 그리고 그들 부부 살아가는 살림이 참으로, 참으로 몹시 부러웠다. 양근 댁 남편은 날마다 금점으로 감돌며 버력더미를 뒤지고 토록을 주워온다.

그걸 온종일 장판돌에다 갈면 수가 좋으면 이삼 원, 옥아도 칠팔십 전 꼴은 매일 심이 되는 것이었다. 그러면 쌀을 산다, 피륙을 끊는다, 떡을 한다, 장리를 놓는다…… 그런데 우리는 왜 늘 요 꼴인지 생각만 하여도 가슴이 메이는 듯 맥맥한 한숨이 연발을 하는 것이었다.

아내는 집에 돌아와 떡쌀을 담그었다. 낼은 뭘로 죽을 쑤어먹을는지. 윗목에 웅크리고 앉아서 맞은쪽에 자빠져 있는 남편을 곁눈으로 살짝 할퀴어본다. 남들은 돌아다니며 잘두 금을 주어오련만 저 망나니 제 밭 하나를 다 버려도 금 한 톨 못 주워오나. 에에, 변변치도 못한 사나이. 저도 모르게 얕은 한숨이 거푸 두 번을 터진다.

밤이 이슥하여 그들 양주는 떡을 하러 나왔다. 남편은 절구에 쿵쿵 빻았다. 그러나 체가 없다. 동네로 돌아다니며 빌려오느라고 아내는 다리에 불 풍이 났다.

"왜 이리 앉었수, 불 좀 지피지."

떡을 찧다가 얼이 빠져서 멍하니 앉은 남편이 밉살스럽다. 남은 이래저래 애를 죄는데 저건 무슨 생각을 하고 저리 있는 건지. 낫으로 삭정이를 탁탁 조겨서 던져주며 아내는 은근히 훅닥이었다. 닭이 두 홰를 치고 나서야 떡은 되었다. 아내는 시루를 이고 남편은 겨드랑이에 자리 때기를 꼈다. 그리고 캄캄한 산길을 올라간다.

비탈길을 얼마 올라가서야 콩밭은 놓였다. 전면이 우뚝한 검은 산에 둘리어 막힌 곳이었다. 가장자리로 느티나무, 대추나무들은 머리를 풀었다. 밭머리 조금 못미처 남편은 걸음을 멈추자 뒤의 아내를 돌아본다.

"인내, 그리구 여기 가만히 섰어."

시루를 받아 한 팔로 껴안고 그는 혼자서 콩밭으로 올라섰다. 앞에 쌓인 것이 모두 흙더미, 그 흙더미를 막 돌아서려 할 제 아마 돌을 찼나 보다. 몸이 쓰러지려고 우찔끈하니 아내가 기겁을 하여 뛰어오르며 그를 부축하였다.

"부정 타라고. 왜 올라와, 요망 맞은 년."

남편은 몸을 고루잡자 소리를 뻑 지르며 아내 얼뺨을 붙인다. 가뜩이나 죽으라, 죽으라 하는데 불길하게도 계집년이. 그는 마뜩치 않게 투덜거리며 밭으로 들어간다. 밭 한가운데다 자리를 펴고 그 위에 시루를 놓았다. 그리고 시루 앞에다 공손하고 정성스레 재배를 커다랗게 한다.

"우리를 살려줍시사. 산신께서 거들어주지 않으면 저희는 죽을 밖에 꼼짝 수 없습니다유."

그는 손을 모으고 이렇게 축원하였다.

아내는 이 꼴을 바라보며 독이 뾰록 같이 올랐다. 금점을 합네 하고 금한 톨 못 캐는 것이 버릇만 점점 글러간다. 그전에는 없더니 요새로 건듯하면 탕탕 때리는 못된 버릇이 생긴 것이다. 금을 캐랬지 뺨을 치랬나. 제발 덕분에 고놈의 금 좀 나오지 말았으면. 그는 뺨 맞은 앙

심으로 맘껏 방자하였다.

하긴 아내의 말 고대로 되었다. 열흘이 썩 넘어도 산신은 깜깜 무소식이었다. 남편은 밤낮으로 눈을 까뒤집고 구덩이에 묻혀 있었다. 어쩌다 집엘 내려오는 때이면 얼굴이 헐떡하고 어깨가 축 늘어지고 거반 병객이었다. 그리고서 잠자코 커다란 몸집을 방고래에다 퀑 하고 내던지고 하는 것이다.

"제이미 붙을, 죽어나 버렸으면."

혹은 이렇게 탄식하기도 하였다.

아내는 바가지에 점심을 이고서 집을 나섰다. 젖 먹이는 등을 두드리며 좋다고 끽끽거린다. 이젠 흰 고무신이고 코다리고 생각조차 물렸다. 그리고 금하는 소리만 들어도 입에 신물이 날 만큼 되었다. 그건 고사하고 꿔다 먹은 양식에 졸리지나 말았으면 그만도 좋으리 마는.

가을은 논으로 밭으로 누렇게 내리었다. 농군들은 기꺼운 낯을 하고 서로 만나면 흥겨운 농담, 그러나 남편은 앰한 밭만 망치고 논조차 건살 못하였으니 이 가을에는 뭘 거둬들이고 뭘 즐겨할는지. 그는 동리 사람의 이목이 부끄러워 산길로 돌았다.

솔숲을 나서서 멀리 밭에를 바라보니 둘이 다 나와 있다. 오늘도 또 싸운 모양. 하나는 이쪽 흙더미에 앉았고 하나는 저쪽에 앉았고. 서로들 외면하여 담배만 뻑뻑 피운다.

"점심들 잡숫게유."

남편 앞에 바가지를 내려놓으며 가만히 맥을 보았다.

남편은 적삼이 찢어지고 얼굴에 생채기를 내었다. 그리고 두 팔을 걷고 먼 산을 향하여 묵묵히 앉았다.

수재는 흙에 박혔다 나왔는지 얼굴은커녕 귓속들이 흙투성이다. 코밑에는 피딱지가 말라붙었고 아직도 조금씩 피가 흘러내린다. 영식이 처를 보더니 열적은 모양. 고개를 돌리어 모로 떨어치며 입맛만 쩍쩍 다신다.

금을 캐라니까 밤낮 피만 내다 말라는가. 빚에 졸리어 남은 속을 볶는데 무슨 호강에 이지랄들인구. 아내는 못마땅하여 눈가에 살을 모았다.

"산제 지낸다구 꿔온 것은 은제나 갚는다지유?"

뚱하고 있는 남편을 향하여 말끝을 꼬부린다. 그러나 남편은 눈썹 하나 까딱하지 않는다. 이번에는 어조를 좀 돋으며,

"갚지도 못할 걸 왜 꿔오라 했지유!"

하고 얼추 호령이었다.

이 말은 남편의 채 가라앉지도 못한 분통을

다시 건드린다. 그는 벌떡 일어서며 황밤주먹을 쥐어 창낭할 만치 아내의 골통을 후렸다.

"계집년이 방정맞게."

다른 것은 모르나 주먹에는 아찔하였다. 멋없이 덤비다간 골통이 부서진다. 암상을 참고 바르르하다가 이윽고 아내는 등에 업은 언내를 끌러 들었다. 남편에게로 그대로 밀어 던지니 아이는 까르륵하고 숨 모는 소리를 친다. 그리고 아내는 돌아서서 혼잣말로,

"콩밭에서 금을 딴다는 숙맥도 있담."

하고 빗대놓고 비아냥거린다.

"이년아, 뭐!"

남편은 대뜸 달려들며 그 볼따구니에다 다시 올찬 황밤을 주었다. 저그나면 계집이니 위로도 하여주련만 요건 분만 폭폭 질러놓려나. 예이, 빌어먹을 거, 이판사판이다.

"너허구 안 산다. 오늘루 가거라."

아내를 와락 떠다밀어 논둑에 제켜놓고 그 허구리를 발길로 퍽 질렀다.

아내는 입을 헉하고 벌린다.

"네가 허라구 옆구리를 쿡쿡 찌를 제는 은제냐, 요 집안 망할 년."

그리고 다시 퍽 질렀다. 연하여 또 퍽.

이 꼴들을 보니 수재는 조바심이 일었다. 저러다가 그 분풀이가 다시 제게로 슬그머니 옮아올 것을 지르 채었다. 인제 걸리면 죽는다. 그는 비슬비슬하다 어느 틈엔가 구덩이 속으로 시나브로 없어져 버린다. 볕은 따사로운 가을 향취를 풍긴다. 주인을 잃고 콩은 무거운 열매를 둥글둥글 흙에 굴린다. 맞은쪽 산 밑에서 벼들을 베며 기뻐하는 농군의 노래.

"터졌네, 터져."

수재는 눈이 휘둥그렇게 굿문을 뛰어나오며 소리를 친다. 손에는 흙 한 줌이 잔뜩 쥐었다.

"뭐?" 하다가,

"금줄 잡았어, 금줄."

"응!"

하고 외마디를 뒤 남기자 영식이는 수재 앞으로 살같이 달려들었다. 허겁지겁 그 흙을 받아 들고 샅샅이 헤쳐 보니 딴은 재래에 보지 못하던 불그죽죽한 황토이었다.

그는 눈에 눈물이 핑 돌며,

"이게 원줄인가?"

"그럼 이것이 곱색줄이라 네. 한 포에 댓 돈씩은 넉넉 잡히데."

영식이는 기쁨보다 먼지 기가 탁 막혔다. 웃어야 옳을지 울어야 옳을지. 다만 입을 반쯤 벌린 채 수재의 얼굴만 멍하니 바라본다.

"이리 와봐. 이게 금이래."

이윽고 남편은 아내를 부른다. 그리고 내 뭐랬어, 그렇게 해보라고 그랬지, 하고 설면설면 덤벼오는 아내가 한결 어여뻤다. 그는 엄지가락으로 아내의 눈물을 지워주고 그러고 나서 껑충거리며 구덩이로 들어간다.

"그 흙 속에 금이 있지요?"

영식이 처가 너무 기뻐서 코다리에 고래 등 같은 집까지 연상할 제 수재는 시원스럽게,

"네, 한 포대에 오십 원씩 나와유."

하고 대답하고 오늘 밤에는 꼭 정녕코 꼭 달아나리라 생각하였다.

거짓말이란 오래 못 간다. 봉이 나서 뼈다귀도 못 추리기 전에 훨훨 벗어나는 게 상책이겠다.

■ 땡볕

————— 김유정

우람스레 생긴 '덕순'이는 바른 팔로 왼편 소맷자락을 끌어다 콧등의 땀방울을 훑고는 통안 네거리에 와 다리를 딱 멈추었다. 더위에 익어 얼굴이 벌거니 사방을 둘러본다. 중복허리[8]의 뜨거운 땡볕이라 길 가는 사람은 저편 처마 밑으로만 배앵뱅 돌고 있다. 지면은 번들번들하게 달아 자동차가 지날 적마다 숨이 탁 막힐 만치 무더운 먼지를 풍겨 놓는 것이다.

덕순이는 아무리 참아 보아도 자기가 길을 물

---

8) 중복(中伏)허리, 중복 무렵의 가장 더운 때.

어 좋을 만치 그렇게 여유 있는 얼굴이 보이지 않음을 알자, 소맷자락으로 또 한 번 땀을 훑어 본다. 그리고 거북한 표정으로 벙벙히 섰다. 때마침 옆으로 지나는 어린 깍쟁이에게 공손히 손짓을 한다.

"얘! 대학병원을 어디루 가니?"

"이리루 곧장 가세요!"

덕순이는 어린 깍쟁이가 턱으로 가리킨 대로 그 길을 북으로 접어들며 다시 내걷기 시작한다. 내딛는 한 발짝마다 무거운 지게는 어깨에 배기고 등줄기에서 쏟아져 내리는 진땀에 궁둥이는 쓰라릴 만치 물렀다. 속 타는 불김을 입으로 불어 가며 허덕지덕 올라오다 엄지손가락으로 코를 힝 풀어 그 옆 전봇대 허리에 쓱 문댈 때에는 그는 어지간히 가슴이 답답하였다. 당장 지게를 벗어 던지고 푸른 그늘에 가 나자빠지고

싶은 생각이 굴뚝같으련만 그걸 못 하니 짜증이
안 날 수 없다. 골피를 찌푸리어 데퉁스레,

"빌어먹을 거! 왜 이리 무거!"

하고 내뱉으려 하였으나, 그러나 지게 위에서
무색하여질 아내를 생각하고 꾹 참아 버린다.
제 속으로만 끙끙거리다 겨우,

"에이 더웁다!"

하고 자탄이 나올 적에는 더는 갈 수가 없었
다.

덕순이는 길가 버들 밑에다 지게를 벗어 놓고
는 두 손으로 적삼 등을 흔들어 땀을 들인다.
바람기 한 점 없는 거리는 그대로 타 붙었고,
그 위의 모래만 이글이글 달아 간다. 하늘을 쳐
다보았으나 좀처럼 비 맞은 못 볼 듯싶어 바상
바상한 입맛을 다시고 섰을 때 별안간 댕댕 소
리와 함께 발등에 물을 뿌리고 물차가 지나가니

그는 비로소 산 듯이 정신기가 반짝 난다. 적삼 호주머니에 손을 넣어 곰방대를 꺼내 물고 담배 한 대 붙이려 하였으나 훌쭉한 쌈지에는 어제부터 담배 한 알 없었던 것을 다시 깨닫고 역정스레 도로 집어넣는다.

"꽁무니가 배기지 않어?"

덕순이는 이렇게 아내를 돌아본다.

"괜찮아요!"

하고 거진 죽어 가는 상으로 글썽글썽 눈물이 괸 아내가 딱하였다. 두 달 동안이나 햇빛 못 본 얼굴은 누렇게 시들었고, 병약한 몸으로 지게 위에 앉아 까대기는 양이 금시라도 꺼질 듯싶은 그 아내였다.

덕순이는 아내를 이윽히 노려본다.

"아 울긴 왜 우는 거야?"

하고 눈을 부라렸으나,

"병원에 가면 짼 대겠지요."

"째긴 아무거나 덮어놓고 째나? 연구한다니까."

하고 되도록 아내를 안심시킨다. 그러나 덕순이 생각에는 째든 말든 그건 차차 해놓고 우선 먹어야 산다고,

"왜 기영이 할아버지의 말씀 못 들었어?"

"병원서 월급을 주구 고쳐 준다는 게 정말인가요?"

"그럼 노인이 설마 거짓말을 헐라구. 그래 시방도 대학병원의 이등 박산가 뭐가 열네 살 된 조선 아이가 어른보다도 더 부대한 걸 보구 하두 이상한 병이라고 붙잡아 들여서 한 달에 십 원씩 월급을 주고, 그뿐인가 먹이구 입히구 이래 가며 지금 연구하고 있다지 않어?"

"그럼 나도 허구헌 날 늘 병원에만 있게 되겠

구려."

"인제 가봐야 알지, 어떻게 될는지."

이렇게 시원스레 받기는 받았으나 덕순이 자신 역시 기영 할아버지의 말을 꼭 믿어서 좋을지가 의문이었다. 시골서 올라온 지 얼마 안 되는 그로서는 서울 일이라 혹 알 수 없을 듯싶어 무료 진찰권을 내 온 데 더 되지 않았다. 그렇다 하더라도 병이 괴상하면 할수록 혹은 고치기가 어려우면 어려울수록 월급이 많다는 것인데 영문 모를 아내의 이 병은 얼마짜리나 되겠는가고 속으로 무척 궁금하였다. 아이가 십 원이라니 이건 한 십오 원쯤 주겠는가, 그렇다면 병 고치니 좋고, 먹으니 좋고, 두루두루 팔자를 고치리라고 속안으로 육조배판을 늘이고 섰을 때,

"여보십쇼! 이 참외 하나 잡숴 보십쇼."

하고 조만치서 참외를 벌여놓고 앉아있는 아이가 시선을 끌어간다. 길쭘길쭘하고 싱싱한 놈들이 과연 뜨거운 복중에 하나 벗겨 들고 으썩 깨물어 봄직한 참외였다. 덕순이는 참외를 이놈 저놈 멀거니 물색하여 보다 쌈지에 든 잔돈 사전을 얼른 생각은 하였으나 다음 순간에 그건 안 될 말이라고 꺽진 마음으로 시선을 걷어 온다. 4전에 1전만 더 보태면 희연 한 봉이 되리라고 어제부터 잔뜩 꼽혀 쥐고 오던 그 사 전, 이걸 참외 값으로 녹여서는 사람이 아니다.

"지게를 꼭 붙들어!"

덕순이는 지게를 지고 다시 일어나며 그 십오 원을 생각했던 것이니 그로서는 너무도 벅찬 희망의 보행이었다.

덕순이는 간호부가 지도하여 주는 대로 산부인과 문밖에서 제 차례가 돌아오기를 기다리고 있었다.

아내는 남편이 업어다 놓은 대로 걸상에 가 번듯이 늘어져 괴로운 숨을 견디지 못한다. 요량 없이 부어오른 아랫배를 한 손으로 치마 째 걷어 안고는 매 호흡마다 간댕거리는 야윈 고개로 가쁜 숨을 돌리고 있는 것이다. 게다가 수술실에서 들것으로 담아내는 환자와 피고름이 섞인 쓰레기통을 보는 것은 그로 하여금 해쓱한 얼굴로 이를 떨도록 하기에는 너무도 충분한 풍경이었다.

"너무 그렇게 겁내지 마, 그래두 다 죽을 사람이 병원엘 와야 살아 나가는 거야……."

덕순이는 아내를 위안하기 위하여 이런 소리도 하는 것이나, 기실 아내 못지않게 저로도 조바심이 적지 않았다. 아내의 이 병이 무슨 병일까, 짜장 기이한 병이라서 월급을 타 먹고 있게 될 것인가, 또는 아내의 병을 씻은 듯이 고쳐 줄 수 있겠는가, 겸삼수삼[9] 모두가 궁거웠다.

이 생각 저 생각으로 덕순이는 아내의 상체를 떠받쳐 주고 있다가 우연히도 맞은편 타구 옆댕이에 가 떨어져 있는 궐련(담배) 꽁댕이에 한눈이 팔린다. 그는 사방을 잠깐 살펴보고 휭허케 가서 집어다가는 곰방대에 피워 물며 제 차례를 기다렸으나 좀처럼 불러 주질 않는 것이다.

이렇게 하여 그들은 허무히도 두 시간을 보냈다.

한 점을 십사 분 가량 지났을 때 간호부가 다시 나와 덕순이 아내의 성명을 외는 것이다.

"네, 여깄습니다!"

덕순이는 허둥지둥 아내를 들춰 업고 진찰실로 들어갔다.

---

9) 겸삼수삼, 한 번에 여러 가지 일을 하려고, 이 일도 하고 저 일도 할 겸 해서.

간호부 둘이 달려들어 우선 옷을 벗기고 주무를 제 아내는 놀란 토끼와 같이 조그맣게 되어 떨고 있었다. 코를 찌르는 무더운 약내에 소름이 끼치기도 하려니와 한쪽에 번쩍번쩍 늘여 놓인 기계가 더욱이 마음을 조이게 하는 것이다. 아내가 너무 병신스레 떨므로 옆에 서 있는 덕순이까지도 겸연쩍지 않을 수 없었다. 아내의 한 팔을 꼭 붙들어 주고, 집에서 꾸짖듯이 눈을 부릅떠,

"뭐가 무섭다구 이래?" 하고는 유리판에서 기계 부딪는 쟬그럭 소리에 등줄기가 다 섬뜩할 제,

"은제부터 배가 이래요?"

간호부가 뚱뚱한 의사의 말을 통변한다.

"자세히는 몰라두……."

덕순이는 이렇게 머리를 긁고는 아마 이토록

부르기는 지난겨울부턴가 봐요, 처음에는 이게 애가 아닌가 했던 것이 그렇지도 않구요, 애라면 열 달에 날 텐데,

"열석 달씩이나 가는 게 어딨습니까?"

하고는 아차, 애니 뭐니 하는 건 괜히 지껄였군 하였다. 그래 의사가 무어라고 또 입을 열 수 있기 전에 얼른 뒤미처,

"아무두 이 병이 무슨 병인지 모른다구 그래요, 난생처음 본 다구요."

하고 몇 마디 더 얹었다.

덕순이는 자기네들의 팔자를 고칠 수 있고 없고가 이 순간에 달렸음을 또 한 번 깨닫고 열심히 의사의 입만 쳐다보고 있는 것이다마는 금테 안경 쓴 의사는 그리 쉽사리 입을 열지 않았다. 몇 번을 거듭 주물러 보고, 두드려 보고, 들어 보고, 이러기를 얼마 한 다음 시답지 않게

저쪽으로 가서 대야에 손을 씻어 가며 간호부를 통하여 하는 말이,

"이 뱃속에 어린애가 있는데요, 나올려다 소문이 적어서 그대로 죽었어요. 이걸 그냥 둔다면 앞으로 일주일을 못 갈 것이니 불가불 수술을 해야 하겠으나 또 그 결과가 반드시 좋다고 단언할 수도 없는 것이매 배를 가르고 아이를 꺼내다 만일 사불여의(事不如意),일이 뜻대로 되지 아니함)하여 불행을 본다더라도 전혀 관계없다는 승낙만 있으면 내일이라도 곧 수술을 하겠어요."

하고 나 어린 간호부는 조금도 거리낌 없는 어조로 줄줄 쏟아 놓다가,

"어떻게 하실 테야요?"

"글쎄요……."

덕순이는 이렇게 얼떨떨한 낯으로 다시 한 번

뒤통수를 긁지 않을 수 없었다.

간호부의 말이 무슨 소린지 다는 모른다 하더라도 속대중으로 저쯤은 알아챘던 것이니 아내의 생명이 위험하다는 그 말이 두렵기도 하려니와 겨우 아이를 뱄다는 것쯤, 연구 거리는 못되는 병인 양 싶어 우선 낙심하고 마는 것이다. 하나 이왕 버린 노릇이매,

"그럼 먹을 것이 없는데요……."

"그건 여기서 입원시키고 먹일 것이니까 염려 마셔요……."

"그런데요 저……."

하고 덕순이는 열적은 낯을 무엇으로 가릴지 몰라 주뼛주뼛,

"월급 같은 건 안 주나요?"

"무슨 월급이오?"

"왜 여기서 병을 고치면 월급을 주는 수도 있

다지요."

"제 병 고쳐 주는데 무슨 월급을 준단 말이오?"

하고 맨망스레도 톡 쏘는 바람에 덕순이는 고만 얼굴이 벌게지고 말았다. 팔자를 고치려던 그 계획이 완전히 어그러졌음을 알자, 그의 주린 창자는 척 꺾이며 두꺼운 손으로 이마의 진땀이나 훑어보는 밖에 별도리가 없는 것이다. 하나 아내의 생명은 어차피 건져야 하겠기로 공손히 허리를 굽실하여,

"그럼 낼 데리고 올게 어떻게 해주십시오."

하고 되도록 빌붙어 보았던 것이, 그때까지 끔찍끔찍한 소리에 얼이 빠져서 멀뚱히 누웠던 아내가 별안간 기겁을 하여 일어나 살똥맞은 목성으로,

"나는 죽으면 죽었지 배는 안 째요."

하고 얼굴이 노랗게 되는 데는 더 할 말이 없었다. 죽이더라도 제 원대로나 죽게 하는 것이 혹은 남편 된 사람의 도리일지도 모른다. 아내의 꼴에 하도 어이가 없어,

"죽는 거보담야 수술을 하는 게 좀 낫겠지요!"

비소를 금치 못하고 섰는 간호부와 의사가 눈에 보이지 않도록, 덕순이는 시선을 외면하여 뚱싯뚱싯 아내를 업고 나왔다. 지게 위에 올려놓은 다음 엎디어 다시 지고 일어나려니 이게 웬일일까, 아까 오던 때와는 갑절이나 무거웠다.

덕순이는 얼마 전에 희망이 가득히 차올라가던 길을 힘 풀린 걸음으로 터덜터덜 내려오고 있었다. 보지는 않아도 지게 위에서 소리를 죽여 훌쩍훌쩍 울고 있는 아내가 눈앞에 환한 것이다. 학식이 많은 의사는 일자무식인 덕순이

내외보다는 더 많이 알 것이니 생명이 한 이레를 못 가리라던 그 말을 어째 볼 도리가 없다. 인제 남은 것은 우중충한 그 냉골에 갖다 다시 눕혀 놓고 죽을 때나 기다리고 있을 따름이었다.

덕순이는 눈 위로 덮는 땀방울을 주먹으로 훔쳐 가며 장차 캄캄하여 올 그 전도를 생각해 본다. 서울을 장대고 왔던 것이 벌이도 제대로 안 되고 게다가 인젠 아내까지 잃는 것이다. '지 에미 붙을! 이놈의 팔자가' 하고 딱한 탄식이 목을 넘어오다 꽉 깨무는 바람에 한숨으로 터져 버린다.

한나절이 되자 더위는 더한층 무서워진다.

덕순이는 통째 짓무를 듯싶은 등어리를 견디지 못하여 먼젓번에 쉬어 가던 나무 그늘에 지게를 벗어 놓는다. 땀을 들여가며 아내를 가만히 내려다보니 그 동안 고생만 시키고 변변히 먹이지도 못하였던 것이 갑자기 후회가 나는 것이다. 이럴 줄 알았다면 동넷집 닭이라도 훔쳐다 먹였을 걸 싶어,

"울지 마, 그것들이 뭘 아나 제까짓 게!"

하고 소리를 뻑 지르고는,

"참외 하나 먹어 볼 테야?"

"참외는 싫어요."

아내는 더위에 속이 탔음인지 한길 건너 저쪽 그늘에서 팔고 있는 얼음냉수를 손으로 가리킨다. 남편이 한 푼 더 보태어 담배를 사려던 그 돈으로 얼음냉수를 한 그릇 사다가 입에 먹여주기까지 주니 아내도 황송하여 한숨에 들이켠다. 한 그릇을 다 먹고 나서 하나 더 사다 주랴 물었을 때 이번에 왜떡이 먹고 싶다 하였다. 덕순이는 이것이 마지막이라는 생각으로 나머지 돈

으로 왜떡 세 개를 사다 주고는 그대로 눈물도 씻을 줄 모르고 그걸 오직오직 깨물고 있는 아내를 이윽히 바라보고 있었다. 그러나 아내가 무슨 생각을 하였는지 왜떡을 입에 문 채 훌쩍훌쩍 울며,

"저 사촌 형님께 쌀 두 되 꿔다 먹은 거 부대 잊지 말구 갚누."

하고 부탁할 제 이것이 필연 아내의 유언이라 깨닫고는,

"그래 그건 염려 말아!"

"그리구 임자 옷은 영근 어머니더러 사정 얘길 하구 좀 빨아 달래우."

하고 이야기를 곧잘 하다가 다시 입을 일거리고 훌쩍훌쩍 우는 것이다.

덕순이는 그 유언이 너무 처량하여 눈에 눈물이 핑 돌아 가지고는 지게를 도로 지고 일어선

다. 얼른 갖다 눕히고 죽이라도 한 그릇 더 얻어다 먹이는 것이 남편의 도릴 게다.

때는 중복허리의 쇠뿔도 녹이려는 뜨거운 땡볕이었다.

덕순이는 빗발같이 내려붓는 등골의 땀을 두 손으로 번갈아 훔쳐 가며 끙끙 내려올 제, 아내는 지게 위에서 그칠 줄 모르는 그 수많은 유언을 차근차근 남기자, '울자' 하는 것이다.

■돈(豚)

──────── 이효석

옛 성 모퉁이 버드나무 까치 둥우리 위에 푸
르둥한 하늘이 얕게 드리웠다.

토끼우리에서 하얀 양토끼가 고슴도치 모양으
로 까칠하게 웅크리고 있다. 능금나무 가지를
간들간들 흔들면서 벌판을 불어오는 바닷바람이
채 녹지 않은 눈 속에 덮인 종묘장(種苗場)10)
보리밭에 휩쓸려 돼지우리에 모질게 부딪친다.

우리 밖 네 귀의 말뚝 안에 얽어 매인 암퇘지

───────────

10) 종묘장, 식물의 씨앗이나 모종, 묘목 따위를 심어
　　서 기르는 곳.

는 바람을 맞으면서 유난히 소리를 친다. 말뚝을 싸고도는 종묘장 씨돝11)은 시뻘건 입에 거품을 뿜으면서 말뚝의 뒤를 돌아 그 위에 덥석 앞다리를 걸었다. 시꺼먼 바위 밑에 눌린 자라 모양인 암퇘지는 날카로운 비명을 울리며 전신을 요동한다. 미끄러진 씨돝은 게걸거리며 다시 말뚝을 싸고돈다. 앞뒤 우리에서 응하는 돼지들의 고함에 오후의 종묘장 안은 떠들썩했다.

반시간이 넘어도 여의치 않았다. 둘러싸고 보던 사람들도 흥이 식어서 주춤주춤 움직인다. 여러 번째 말뚝 위에 덮쳤을 때에 육중한 힘에 말뚝이 와싹 무지러지면서 그 바람에 밑에 깔렸던 돼지는 말뚝의 테두리로 벗어져서 뛰어났다.

"어려서 안 되겠군."

종묘장 기수가 껄껄 웃는다.

---

11) 씨돝, '씨돼지'의 방언(충청)

"황소 앞에 암달 같으니 징그러워서 볼 수 있나."

"겁을 먹고 달아나는데."

농부는 날쌔게 우리 옆을 돌아 뛰어가는 돼지의 앞을 막았다.

"달포 전에 한번 왔다 갔으나 씨가 붙지 않아서 또 끌고 왔는데요."

식이는 겸연쩍어서 얼굴을 붉혔다.

"아무리 짐승이기로 저렇게 어리구야 씨가 붙을 수 있나."

농부의 말에 식이는 다시 얼굴을 붉혔다.

"빌어먹을 놈의 짐승."

무안도 무안이려니와 귀찮게 구는 짐승에 식이는 화를 버럭 내면서 농부의 부축을 하여 달아나는 돼지의 뒤를 쫓는다. 고무신이 진창에 빠지고 바지춤이 흘러내린다.

돼지의 허리를 매인 바를 붙잡았을 때에 그는 홧김에 바를 뒤로 잡아채며 기운껏 매질한다. 어린 짐승은 바들바들 뛰면서 비명을 울린다. 농가 1년의 생명선— 좀 있으면 나올 제1기 세금과 첫여름 감자가 나올 때까지의 가족의 양식의 예산의 부담을 맡은 이 어린 짐승에 대한 측은한 뉘우침이 나중에는 필연코 나련마는 종묘장 사람들 숲에서의 무안을 못 이겨 식이의 흔드는 매는 자연 가련한 짐승 위에 잦게 내렸다.

"그만 갖대 매시오."

말뚝을 고쳐 든든히 박고 난 농부는 식이에게 손짓한다. 겁과 불안에 떨며 허둥거리는 짐승을 이번에는 이걸 더 든든히 말뚝 안에 우겨 넣고 나무 대를 가로질러 배까지 떠받쳐 올려 꼼짝 요동하지 못하게 탐탁하게 얽어 매였다.

털 몸을 근실근실 부딪치며 그의 곁을 궁싯궁싯 굼뜨던 씨돝은 미처 식이의 손이 떨어지기도 전에 '화차'와도 같이 말뚝 위를 엄습한다. 시뻘건 입이 욕심에 목메어서 풀무같이 요란히 울린다. 깔린 암은 목이 찢어져라 날카롭게 고함친다.

둘러 선 좌중은 일제히 웃음소리를 멈추고 일시 농담조차 잊은 듯하였다.

문득 분이의 자태가 눈앞에 떠오른다. 식이는 말뚝에서 시선을 돌려 딴전을 보았다.

"— 분이 고것 지금엔 어디 가 있는구."

—제2기분은 새려 1기분 세금조차 밀려오는 농가의 형편에 돼지보다 나은 부업이 없었다. 한 마리를 일 년 동안 충실히 기르면 세금도 세금이려니와 잔돈푼의 가용돈은 훌륭히 우러나왔다. 이 돼지의 공용을 잘 아는 식이다. 푼푼

이 모든 돈으로 마을 사람들의 본을 받아 종묘장에서 가주 난 양 돼지 한 자웅을 사놓은 것이 자는 여름이었다. 기름이 자르르 흐르는 새까만 자웅을 식이는 사람보다도 더 귀히 여겨왔던 무렵에는 우리에 넣기가 아까워 그의 방 한 구석에 짚을 펴고 그 위에 재우기까지 하던 것이 젖이 그리워서인지 한 달도 못돼서 수놈이 죽었다. 나머지의 암놈을 식이는 애지중지하여 단 한 벌의 그의 밥그릇에 물을 받아 먹이기까지 하였다. 물도 먹지 않고 꿀꿀 앓을 때에는 그는 나무하러 가는 것도 그만두고 종일 짐승의 시중을 들었다. 여섯 달을 키우니 겨우 암돼지 티가 났다. 달포 전에 식이는 첫 시험으로 십리가 넘는 종묘장으로 끌고 왔었다. 피돈 오십 전이나 내서 씨를 받은 것이 종시 붙지 않았다. 식이는 화가 났다. 때마침 정을 두고 지내던 이

웃집 분이가 어디론지 도망을 갔다. 식이는 속
이 상해서 며칠 동안 일이 손에 잡히지 않았다.
늘 뾰로통해서 쌀쌀하게 대꾸하더니 그 고운 살
을 한 번도 허락하지 않고 늙은 아비를 혼자
둔 채 기어이 도망을 가버렸구나 생각하니 분이
가 괘씸하였다. 그러나 속 깊은 박초시의 일이
니 자기 딸 조처에 무슨 꿍꿍이수작12)을 대었
는지 도무지 모를 노릇이었다. 청진으로 갔느니
서울로 갔느니 며칠 전에 박초시에게 돈 십원이
왔느니 소문은 갈피갈피 였으나 하나도 종잡을
수 없었다. 이래저래 상할 대로 속이 상했다.
능금13)꽃 같은 두 볼을 잘강잘강 씹어 먹고 싶
던 분이인만큼 식이는 오늘까지 솟아오르는 심
화를 억제할 수 없었다.

---

12) 꿍꿍이수작(酬酢), 남에게 드러내 보이지 아니하고
   어떤 일을 꾸며 속을 알 수 없는 엉큼한 수작.
13) 능금, 능금나무의 열매. 사과와 비슷한 모양이지만
   훨씬 작다.

"— 다 됐군."

딴전만 보고 섰던 식이는 농부의 목소리에 그쪽을 보았다. 씨돝은 만족한 듯이 여전히 꿀꿀 짖으면서 그곳을 떠나지 않고 빙빙 돈다.

파장 후의 광경이언만 분이의 그림자가 눈앞에 어른거리는 식이는 몹시도 겸연쩍었다. 잠자코 서 있는 까칠한 암돼지와 분이는 자태가 서로 얽혀서 그의 머릿속에 추근하게 떠올랐다. 음란한 잡담과 허리 꺾는 웃음소리에 얼굴이 더 한층 붉어졌다. 환영을 떨쳐버리려고 애쓰면서 식이는 얽어매었던 돼지를 풀기 시작하였다. 농부는 여전히 게걸거리며 어른어른 싸도는 욕심 많은 씨돝을 몰아 우리 속에 가두었다.

"이번에는 틀림없겠지."

장부에 이름을 올리고 오십 전을 치러주고 종묘장을 나오니 오후의 해가 느지막하였다. 능금

밭 건너편 양옥 관사의 지붕이 흐린 석양에 푸르뎅뎅하게 빛난다. 옛 성 어귀에는 드나드는 장꾼의 그림자가 어른어른 한다. 성안에서 한 채의 버스가 나오더니 폭넓은 이등도로를 요란히 달려온다. 돼지를 몰고 길 왼편 갓길로 피한 식이는 푸뜩 지나가는 버스 안을 흘끗 살펴본다. 분이를 잃은 후로부터는 그는 달아나는 버스 안까지 조심스럽게 살피게 되었다. 일전에 나남에서 버스 차장 시험이 있었다더니 그런 데로나 뽑혀 들어가지 않았을까. 분이의 간 길을 이렇게도 상상하여 보았기 때문이다.

"장인 한 바퀴 돌아올까."

북문 어귀 성 밑 돌 틈에 돼지를 매놓고 식이는 성을 들어가 남문 거리로 향하였다.

분이가 없는 이제, 장꾼의 눈을 피하여 으슥한 가게 앞에 가서 겸연쩍은 태도로 매화 분을 살

필요도 없어진 식이는, 석유 한 병과 마른명태 몇 마리를 사들고 장판을 오르락내리락 하였다. 한 동네 사람의 그림자도 눈에 띠이지 않기에 그는 곧게 성 밖을 나와 마을로 향하였다.

어기죽거리며 돼지의 걸음이 올 때만큼 재지 못하였다. 그러나 매질할 용기는 없었다.

철로를 끼고 올라가 정거장 앞을 지나 '오촌포' 한길에 나서니 장보고 돌아가는 사람의 그림자가 드문드문 보인다. 산모퉁이가 바닷바람을 막아 아늑한 저녁 빛이 한길 위를 덮었다. 먼 산 위에는 전기의 고가선이 솟고 산 밑을 물줄기가 돌아내렸다. 온천가는 넓은 도로가 철로와 나란히 누워서 남쪽으로 줄기차게 뻗혔다. 저물어가는 강산 속에 아득하게 뻗힌 이 두 줄의 길이 새삼스럽게 식이의 마음을 끌었다. 걸어가는 그의 등 뒤에서는 산모퉁이를 돌아오는 기차소리가 아련히 들린다. 별안간 식이에게는 이상한 생각이 들었다.

"이 길로 아무데로나 달아날까."

장에 가서 돼지를 팔면 노자가 되겠지. 차타고 노자 자라는 곳까지 달아나면 그곳에 분이가 있지 않을까, 어디서 들었는지 공장에 들어가기가 분이의 소원이더니 그 곳에서 여직공 노릇하는 분이와 만나 나도 '노동자'가 되어 같이 살면 오죽 재미있을까. 공장에서 버는 돈을 달마다 고향에 부치면 아버지도 더 고생하실 것 없겠지. 돼지를 방에서 기르지 않아도 좋고 세금 못 냈다고 면소 서기들한테 밥솥을 빼앗길 염려도 없을 터이지. 농사같이 초라한 업이 세상에 또 있을지. 아무리 부지런히 일해도 못살기는 일반이니……. 분이 있는 곳이 어디인가……. 돼지를 팔면 얼마를 받을까. 암돼지 양돼지…….

"앗!"

날카로운 소리에 번쩍 정신이 깨었다.

찬바람이 휙 앞을 스치고 불시에 일신이 딴 세상에 뜬 것 같았다. 눈 보이지 않고, 귀 들리지 않고, 잠시간 전신이 죽고, 감각이 없어졌다. 캄캄하던 눈앞이 차차 밝아지며 거물거물 움직이는 것이 보이고 귀가 뚫리며 요란한 음향이 전신을 쓸어 없앨 듯이 우렁차게 들렸다. 우렛소리가……. 바다 소리가……. 바퀴 소리가……. 별안간 눈앞이 환해지더니 열차의 마지막 바퀴가 쏜살같이 눈앞을 달아났다.

"앗 기차!"

다 지나간 이제 식이는 정신이 아찔하며 몸이 부르르 떨린다.

진땀이 나는 대신 소름이 쪽 돋는다. 전신이 불시에 비인 듯이 거뿐하다. 글자대로 전신이

비었다. 한쪽 팔에 들었던 석유병도 명태 마리
도 간 곳이 없고 바른 손으로 이끌던 돼지도
종적이 없다.

"아, 돼지!"

"돼지구 무어구 미친놈이지. 어디라고 건널목
을 막 건너."

따귀를 철썩 맞고 바라보니 철로 망보는 사람
이 성난 얼굴로 그를 노리구 섰다.

"돼지는 어찌됐단 말이오."

"어젯밤 꿈 잘 꾸었지. 네 몸 안 친 것이 다행
이다."

"아니 그럼 돼지가 치었단 말이오."

"다음부터 차에 주의해."

독하게 쏘아붙이면서 철로 망군은 식이의 팔
을 잡아 낚아내며 건널목 밖으로 끌어냈다.

"아 돼지가 치었다니 두 번 종묘장에 가서 씨

를 받은 내 돼지 암돼지 양돼지…….”

엉겁결에 외치면서 훑어보았으나 피 한방을 찾아 볼 수 없다. 흔적조차 없다니 — 기차가 달롱14) 들고 간 것 같아서 아득한 철로 위를 바라보았으나 기차는 벌써 그림자조차 없다.

“한 방에서 잠재우고, 한 그릇에 물 먹여서 기른 돼지, 불쌍한 돼지…….”

정신이 아찔하고 일신이 허전하여서 식이는 갑자기 그 자리에 푹 쓰러질 것 같았다.

---

14) 달롱, 작고 가벼운 물체를 쉽게 들어 올리거나 메는 모양.

■수탉

———— 이효석

'을손'은 요사이 울적한 마음에 닭 시중도 게
을리 하게 되었다. 그 알뜰히 기르던 닭들이 도
무지 눈에도 들지 않으며 마음을 당기지 못하였
다. 모이는 샘 뜰 앞을 어른거리는 꼴을 보면
나뭇개비를 집어 들게 되었다. 치우지 않은 우
리 속은 지저분하기 짝 없다.

두 마리를 팔면 한 달 수업료가 된다. 우리 안
의 수효가 차차 줄어짐이 그다지 애틋한 것은
아니었다. 도리어 제때 가질 운명을 못 가지고
우리 안을 헤매는 한 달 동안의 운명을 벗어난

두 마리의 꼴이 눈에 거슬렸다. 학교에 안 가는 그 한 달 수업료가 늘려진 것이다.

그 두 마리 중에서도 못난 한 마리의 수탉—가장 초라한 꼴이었다. 허울이 변변치 못한 위에 이웃집 닭과 싸우면 판판이 졌다. 물어뜯긴 맨드라미에는 언제 보아도 피가 새로이 흘러 있다. 거적눈인데다 한쪽 다리를 전다. 죽지의 깃이 가지런하지 못하고 꼬리조차 짧았다. 어떤 때는 암탉에게까지 쫓겼다. 수탉 구실을 못 하는 수탉이 보기에도 민망하였으나 요사이 와서는 민망한 정도를 넘어 보기 싫은 것이었다. 더구나 한 달의 운명을 우리 안에 더 붙이게 된 것이 을손에게는 밉살스럽고 흉측스럽게 보일 뿐이었다.

학교에 못 가는 마음이 몹시 답답하였다.

능금을 따고 낙원을 쫓겨난 것은 전설이나, 능

금을 따다 학원을 쫓겨난 것은 현실이다.

농장의 능금은 금단의 과실이었다.

을손들은 그 율칙을 어긴 것이다.

동무들의 꾐에 빠졌다기보다도 을손 자신 능금의 유혹에 빠졌던 것이다. 능금은 사치한 욕망이 아니다. 필요한 식욕이었다.

당번은 다섯 명이었다. 누에를 다 올린 후라 별로 할 일 없이 한가하였던 것이 일을 저지른 시초일는지 모른다. 잡담으로 자정이 되기를 기다렸다가 일제히 방을 나가 어둠 속에 몸을 감추고 과수원의 철망을 넘었다.

먹다 남은 것을 아궁이 속에 넣은 것은 감쪽같았으나 마지막 한 개를 방구석 뽕잎 속에 간직한 것이 실책이었다.

이튿날 아침 과수원 속의 발자취가 문제되었을 때 공교롭게도 뽕잎 속의 그 한 개가 발견

되었다.

수색의 길은 빤하다. 간밤의 다섯 명의 당번이 차례로 반 담임 앞에 불리게 되었다.

굳게 언약을 해 놓고서도 어느 때나 마찬가지로 그 어디로부터인지 교묘하게 부서진다. 약한 한 사람의 동무의 입에서 기어이 실토가 된 모양이었다. 한 사람씩 거듭 불려 들어갔다.

두 번째 호출이 시작되었을 때, 을손은 괴상한 곳에 있었다.

몸이 무거워 그곳에 들어간 것이 아니라 얼마 동안의 귀찮은 시간을 피하려 일부러 그곳을 고른 것이었다.

한 사람이 들어가 간신히 웅크리고 앉았을 만한 네모진 그 좁은 공간 기북스립기는 하여노 가장 마음 편한 곳도 그곳이었다. 그곳에 앉았으면 마치 바닷물 속에 잠겨 있는 것과도 같이 몸이 거뿐한 까닭이다.

밖 운동장에서는 동무들의 지껄이는 소리, 웃음소리, 닫는 소리에 섞여 공 구르는 가벼운 소리가 쉴 새 없이 흘러와 몸은 그 즐거운 소리를 타고 뜬 것 같다.

을손은 현재 취조를 받고 있을 당번의 동무들과 자신의 형편조차 잊어버리고 유유히 주머니 속에서 담배를 한 개 집어내서 불을 붙였다. 실상인즉 담배도 능금과 같이 금단의 것이었으나 율칙을 어김은 인류의 조상이 끼쳐 준 아름다운 공덕이다. 더구나 그곳에서 한 모금 피우기란 무상의 기쁨이라고 을손은 생각하는 것이었다.

이것도 그곳의 특이한 풍속으로 벽에는 옷을 입지 않을 때의 남녀의 원시적 자태가 유치한 필치로 낙서되어 있다. 간단한 선 서투른 그림이면서도 그것은 일종의 기쁨이었다.

을손도 알 수 없는 유혹을 받아 주머니 속에서 무딘 연필을 찾아 향기로운 연기를 길게 뿜으면서 상상을 기울여 그림을 그리기 시작하였다.

능금을 먹은 위에 담배를 피우며 낙서를 하며 — 위반을 거듭하는 동안에 을손은 문득 학교가 싫은 생각이 불현듯이 들었다—가령 학교에서 능금 딴 제자를 문초한 교사가 일단 집에 돌아갔을 때 이웃집 밭의 능금을 딴 어린 아들을 무슨 방법으로 처벌할 것이며 그 자신 능금을 따던 소년시대를 추억할 때 어떤 감상과 반성이 생길 것인가. 또 혹은 학교에서 절제의 미덕을 가르치는 교사 자신이 불의의 정욕에 빠졌을 때 그 경우는 어떻게 설명하여아 옳을 것인가— 마치 십계명을 설교하는 목사 자신이 간음의 죄에 신음하는 것과도 흡사한 그 경우를.

가깝게 생각하여 특수한 과학과 기술을 배워야 그것을 이용할 자신의 농토조차 없는 형편이 아닌가.

변변치 못하다. 초라하다. 잔다란 보수를 바라이 굴욕을 받는 것보다는 차라리 좁고 거북한 굴레를 벗어나 아무 데로나 넓은 세상으로 뛰고 싶다.

을손의 생각은 고삐를 놓은 말같이 그칠 바를 몰랐다.

아마도 오래된 듯하다.

하학 종소리가 어지럽게 울렸다.

이튿날 아버지는 단벌의 나들이 두루마기를 입고 학교에 불리었다.

무기정학의 처분이었다.

아버지는 어안이 벙벙한 모양이었다— 정든 아들을 매질할 수도 없었으므로.

을손은 우리 안의 닭을 모조리 홀두드려 팔아 가지고 내빼고 싶은 생각이 불같이 났으나 그것도 할 수 없어 빈손으로 집을 떠났다.

이웃 고을을 헤매다가 사흘 만에 다시 집으로 돌아왔다.

밭일도 거들 맥없어 며칠은 천치같이 보낼 수밖에 없었다.

우리 안의 닭의 무리가 눈에 나 보였다. 가운데에서도 못난 수탉의 꼴은 한층 초라하다. 고추장에 밥을 비벼 먹여도 이웃집 닭에게 지는 가련한 신세가 보기에도 안타까웠다.

못난 수탉, 내 꼴이 아닌가— 을손은 화가 버럭 났다.

한가한 판이라 '복녀'와는 자주 만날 수는 있는 처지였으나 겸연쩍은 마음에 도리어 주저되었다.

을손의 처분을 복녀는 확실히 좋게 여기지는 않는 눈치였다.

복녀는 의지의 여자였다. 반년 동안의 원잠종 제조소의 견습생 강습을 마친 터이라, 오는 봄부터는 면의 잠업 지도 생으로 나갈 처지였다. 건듯하면 게을리 되는 을손의 공부를 권하여 주고 매질하여 주는 복녀였다. 학교를 마치면 맞들고 벌자는 언약이었으나 을손의 이번 실수가 복녀를 실망시킨 것은 확실하였다. 무능한 사내 — 복녀에게 이같이 의미 없는 것은 없었다.

하룻저녁 복녀를 찾았을 때 을손에게는 모든 것이 확적히 알렸다.

나온 것은 복녀가 아니요. 복녀의 어머니였다.

"앞으론 출입도 피차에 잦지 못하게 될 것을 생각하니 섭섭하기 그지없네."

뜻을 몰라 우두커니 서 있으려니 복녀의 어머

니는 말을 이었다.

"기어이 알맞은 사람을 하나 구해 봤네."

천근같은 무쇠가 등골을 내리쳤다.

"조합에 얌전한 사람이 있다기에 더 캐지도 않고 작정하여 버렸어."

복녀는 찾아볼 생각도 못 하고 을손은 허전허전 뛰어나왔다.

'복녀의 뜻일까, 춘향모의 짓일까.'

물을 필요도 없었다.

눈앞이 어둡고 천지가 헐어지는 것 같았다.

며칠 동안은 눈에 아무것도 어리지 않았다.

앙상한 밤송이 같은 현실.

한 달이 넘어도 학교에서는 복교의 통지도 없다.

저녁때였다.

닭이 우리 안에 들어 각각 잠자리를 차지하였

을 때, 마을 갔던 수탉이 어슬어슬 돌아왔다.

또 싸운 모양이었다.

찢어진 맨드라미에는 피가 생생하고 퉁겨진 죽지의 깃이 거꾸로 뻗쳤다.

다리를 저는 것은 일반이나 걸어오는 방향이 단정치 못하다. 자세히 보니 눈이 한쪽 찌그러진 것이었다. 감긴 눈으로 피가 흘러 털을 물들였다.

참혹한 꼴이었다.

측은한 생각은 금시에 미움의 감정으로 변하였다. 을손은 불같은 화가 버럭 났다.

'그 꼴을 하고 살아서는 무엇 해.'

살기를 띤 손이 부르르 떨렸다. 손에 잡히는 것을 되고, 말고 닭에게 던졌다.

공칙하게도 명중되어 순간 다리를 뻗고 푸득거리는 꼴에서 을손은 시선을 피해 버렸다.

끊었다 이었다 하는 가엾은 비명이 을손의 오
장을 뒤흔들어 놓는 듯하였다.

■ 빈처(貧妻)

──────── 현진건

1

"그것이 어째 없을까?"

아내가 장문을 열고 무엇을 찾더니 입안말로 중얼거린다.

"무엇이 없어?"

나는 우두커니 책상머리에 앉아서 책장만 뒤적뒤적하다가 물어 보았다.

"모본단 저고리가 하나 남았는데……."

"……"

나는 그만 묵묵하였다. 아내가 그것을 찾아 무

엇 하려는 것을 앎이라. 오늘 밤에 옆집 할멈을 시켜 잡히려 하는 것이다.

이 2년 동안에 돈 한 푼 나는 데는 없고 그대로 주리면 시장할 줄 알아 기구(器具)와 의복을 전당국 창고(典當局倉庫)15)에 들이밀거나 고물상 한구석에 세워 두고 돈을 얻어 오는 수밖에 없었다. 지금 아내가 하나 남은 모본단 저고리를 찾는 것도 아침거리를 장만하려 함이라.

나는 입맛을 쩍쩍 다시고 폈던 책을 덮으며 후— 한숨을 내쉬었다.

봄은 벌써 반이나 지났건마는 이슬을 실은 듯한 밤기운이 방구석으로부터 슬금슬금 기어 나와 사람에게 안기고 비가 오는 까닭인지 밤은 아직 깊지 않건만 인적조차 끊이지고 온 천지가

---

15) 전당국 창고, 물건을 잡고 돈을 빌려주어 이익을 취하는 곳. 물건이나 자재를 저장하거나 보관하는 건물.

빈 듯이 고요한데 투닥투닥 떨어지는 빗소리가 한없는 구슬픈 생각을 자아낸다.

"빌어먹을 것 되는 대로 되어라."

나는 점점 견딜 수 없어 두 손으로 흐트러진 머리카락을 쓰다듬어 올리며 중얼거려 보았다. 이 말이 더욱 처량한 생각을 일으킨다. 나는 또 한 번,

"후—"

한숨을 내쉬며 왼팔을 베고 책상에 쓰러지며 눈을 감았다.

이 순간에 오늘 지낸 일이 불현듯 생각이 난다.

늦게야 점심을 마치고 내가 막 궐련(卷煙, 담배) 한 개를 피워 물 적에 '한성은행(漢城銀行)' 다니는 T가 공일이라고 놀러 왔었다.

친척은 다 멀지 않게 살아도 가난한 꼴을 보

이기도 싫고 찾아갈 적마다 무엇을 꾀어 내라고 조르지도 아니하였건만 행여나 무슨 구차한 소리를 할까 봐서 미리 방패막이를 하고 눈살을 찌푸리는 듯 하여 나는 발을 끊고 따라서 찾아오는 이도 없었다. 다만, 이 T는 촌수가 가까운 까닭인지 자주 우리를 방문하였다.

그는 성실하고 공순하며 소소한 소사(小事)에 슬퍼하고 기뻐하는 인물이었다. 동년배(同年輩)인 우리 둘은 늘 친척 간에 비교(比較) 거리가 되었었다. 그리고 나의 평판이 항상 좋지 못했다.

"T는 돈을 알고 위인이 진실해서 그 애는 돈푼이나 모을 것이야! 그러나 K(내 이름)는 아무 짝에도 못 쓸 놈이야. 그 잘난 언문(諺文) 섞어서 무어라고 끄적거려 놓고 제 주제에 무슨 조선에 유명한 문학가가 된다니! 시러베아들놈16)!"

이것이 그네들의 평판이었다. 내가 문학인지 무엇인지 하는 소리가 까닭 없이 그네들의 비위에 틀린 것이다. 더군다나 나는 그네들의 생일이나 혹은 대사(大事) 때에 돈 한 푼 이렇다는 일이 없고 T는 소위 착실히 돈벌이를 하여 가지고 국수 밥소라나 보조를 하는 까닭이다.

"얼마 아니 되어 T는 잘살 것이고 K는 거지가 될 것이니 두고 보아!"

오촌 당숙은 이런 말씀까지 하였다 한다. 입밖에는 아니 내어도 친부모 친형제까지라도 심중(心中)으로는 다 이렇게 생각할 것이다. 그래도 부모는 달라서 화가 나시면, '네가 그리하다가는 말경(末境)에 비렁뱅이가 되고 말 것이야'라고 꾸중은 하셔도,

---

16) 시러베아덜놈, 실없는 사람을 낮잡아 이르는 말.

"사람이란 늦복 모르느니라."

"그런 사람은 또 그렇게 되느니라."

하시는 것이 스스로 위로하는 말씀이고 또 며느리를 위로하는 말씀이었다. 이것을 보아도 하는 수 없는 놈이라고 단념(斷念)을 하시면서 그래도 잘되기를 바라시고 축원하시는 것을 알겠더라.

여하간 이만하면 T의 사람됨을 가히 알 수가 있다. 그리고 그가 우리 집에 올 것 같으면 지어서 쾌활하게 웃으며 힘써 자미스러운(재미스러운) 이야기를 하였다. 단둘이 고적(孤寂)하게 그날그날을 보내는 우리에게는 더할 수 없이 반가웠었다.

오늘도 그가 활발하게 집에 쑥 들어오더니 신문지에 싼 기름한 것을 '이것 봐라' 하는 듯이 마루 위에 올려놓고 분주히 구두끈을 끄른다.

"이것은 무엇인가!"

나는 물어 보았다.

"저— 제 처의 양산(洋傘)이야요. 쓰던 것이 벌써 다 낡았고 또 살이 부러졌다나요."

그는 구두를 벗고 마루에 올라서며 나오는 웃음을 참지 못하여 벙글벙글하면서 대답을 한다. 그는 나의 아내를 보며 돌연히,

"아주머니 좀 구경하시렵니까?"

하더니 싼 종이와 집을 벗기고 양산을 펴 보인다. 흰 비단 바탕에 두어 가지 매화를 수놓은 양산이었다.

"검정이는 좋은 것이 많아도 너무 칙칙해 보이고…… 회색이나 누렁이는 하나도 그것이야 싶은 것이 없어서 이것을 산걸요."

그는 '이것보다 더 좋은 것을 살 수가 있나' 하는 뜻을 보이려고 애를 쓰며 이런 발명까지

한다.

"이것도 퍽 좋은데요."

이런 칭찬을 하면서 양산을 펴 들고 이리저리 홀린 듯이 들여다보고 있는 아내의 눈에는, '나도 이런 것을 하나 가졌으면' 하는 생각이 역력(歷歷)히 보인다.

나는 갑자기 불쾌한 생각이 와락 일어나서 방으로 들어오며 아내의 양산 보는 양을 빙그레 웃고 바라보고 있는 T에게,

"여보게, 방에 들어오게 그려, 우리 이야기나 하세."

T는 따라 들어와 물가폭등에 대한 이야기며 자기의 월급이 오른 이야기며 주권(株券)을 몇 주 사두었더니 꽤 이익이 남았다든가 이번 각 은행 사무원 경기회(競技會)에서 자기가 우월한 성적을 얻었다든가 이런 것 저런 것 한참 이야

기하다가 돌아갔었다.

T를 보내고 책상을 향하여 짓던 소설의 결미(結尾)를 생각하고 있을 즈음에,

"여보!"

아내의 떠는 목소리가 바로 내 귀 곁에서 들린다. 핏기 없는 얼굴에 살짝 붉은빛이 돌며 어느 결에 내 곁에 바싹 다가앉았더라.

"당신도 살 도리를 좀 하셔요."

"……"

나는 또 '시작하는구나' 하는 생각이 번개같이 머리에 번쩍이며 불쾌한 생각이 벌컥 일어난다. 그러나 무어라고 대답할 말이 없이 묵묵히 있었다.

"우리도 남과 같이 살아 보아야지요!"

아내가 T의 양산에 단단히 자극(刺戟)을 받은 것이다. 예술가의 처 노릇을 하려는 독특(獨特)

한 결심이 있는 그는 좀처럼 이런 소리를 입 밖에 내지 아니하였다. 그러나 무엇에 상당한 자극만 받으면 참고 참았던 이런 소리를 하게 되는 것이다. 나도 이런 소리를 들을 적마다 '그럴 만도 하다'는 동정심이 없지 아니하나 심사가 어쩐지 좋지 못하였다. 이번에도 '그럴 만도 하다'는 동정심이 없지 아니하되 또한 불쾌한 생각을 억제키 어려웠다. 잠깐 있다가 불쾌한 빛을 드러내며,

"급작스럽게 살 도리를 하라면 어찌할 수가 있소. 차차 될 때가 있겠지!"

"아이구, 차차란 말씀 그만두구려, 어느 천 년에⋯⋯."

아내의 얼굴에 붉은빛이 짙어지며 전에 없던 흥분한 어조로 이런 말까지 하였다. 자세히 보니 두 눈에 은은히 눈물이 괴었더라.

나는 잠시 멍멍하게 있었다. 성낸 불길이 치받쳐 올라온다. 나는 참을 수 없다.

"막벌이꾼한테 시집을 갈 것이지 누가 내게 시집을 오랬어! 저 따위가 예술가의 처가 다 뭐야!"

사나운 어조로 몰풍스럽게 소리를 꽥 질렀다.

"에그……!"

살짝 얼굴빛이 변해지며 어이없이 나를 보더니 고개가 점점 수그러지며 한 방울 두 방울 방울방울 눈물이 장판 위에 떨어진다.

나는 이런 일을 가슴에 그리며 그래도 내일 아침거리를 장만하려고 옷을 찾는 아내의 심중을 생각해 보니, 말할 수 없는 슬픈 생각이 가을바람과 같이 설렁설렁 심골(心骨)을 분지르는 것 같다.

쓸쓸한 빗소리는 굵었다, 가늘었다 의연(依然)

히 적적한 밤공기에 더욱 처량히 들리고 그을음 앉은 등피(燈皮) 속에서 비추는 불빛은 구름에 가린 달빛처럼 우는 듯 조는 듯 구차(苟且)히 얻어 산 몇 권 양책(洋冊)의 표제(表題) 금자가 번쩍거린다.

2

장 앞에 초연히 서 있던 아내가 무엇이 생각났는지 고개를 끄덕끄덕하며 들릴 듯 말 듯 목안의 소리로,

"으흐…… 옳지 참 그날……."

"찾았소!"

"아니야요, 벌써…… 저 인천(仁川) 사시는 형님이 오셨던 날……."

"……"

아내가 애써 찾던 그것도 벌써 전당포의 고운

먼지가 앉았구나! 종지 하나라도 차근차근 아랑곳하는 아내가 그것을 잡혔는지 아니 잡혔는지 모르는 것을 보면 빈곤(貧困)이 얼마나 그의 정신을 물어뜯었는지 가히 알겠다.

"……"

"……"

한참 동안 서로 아무 말이 없었다. 가슴이 어째 답답해지며 누구하고 싸움이나 좀 해보았으면 소리 마음껏 고함이나 질러 보았으면 실컷 울어 보았으면 하는 일종 이상한 감정이 부글부글 피어오르며, 전신에 이가 스멀스멀 기어 다니는 듯 옷이 어째 몸에 끼여 견딜 수가 없다.

나는 이런 감정을 노골적으로 드러내며,

"점점 구차한 살림에 싫증이 나서 못 견디겠지?"

아내는 무엇을 생각하는지 모르게 정신을 잃

고 섰다가 그 게슴츠레한 눈이 둥그레지며,

"네에? 어째서요?"

"무얼 그렇지!"

"싫은 생각은 조금도 없어요."

이렇게 말이 오락가락함을 따라 나는 흥분의 도(度)가 점점 짙어 간다. 그래서 아내가 떨리는 소리로,

"어째 그런 줄 아셔요?"

하고 반문할 적에,

"나를 숙맥(菽麥)으로 알우?"

라고, 격렬(激烈)하게 소리를 높였다.

아내는 살짝 분한 빛이 눈에 비치어 물끄러미 나를 들여다본다. 나는 괘씸하다는 듯이 흘겨보며,

"그러면 그것 모를까! 오늘날까지 잘 참아 오더니 인제는 점점 기색이 달라지는걸 뭐! 물론

그럴 만도 하지마는!"

 이런 말을 하는 내 가슴에는 지난 일이 활동 사진 모양으로 얼른얼른 나타난다.

 6년 전에(그때 나는 60세이고 저는 십팔 세였다) 우리가 결혼한 지 얼마 아니 되어 지식에 목마른 나는 지식의 바닷물을 얻어 마시려고 표연히 집을 떠났었다. 광풍(狂風)에 나부끼는 버들잎 모양으로 오늘은 지나(支那) 내일은 일본으로 굴러다니다가 금전의 탓으로 지식의 바닷물도 흠씬 마셔 보지도 못하고 반거들충이가 되어 집에 돌아오고 말았다. 내게 시집 올 때에는 방글방글 피려는 꽃봉오리 같던 아내가 어느 결에 기울어 가는 꽃처럼 두 뺨에 선연(鮮姸)한 빛이 스러지고 이마에는 벌써 두어 금 가는 줄이 그리어졌다.

 처가 덕으로 집칸도 장만하고 세간도 얻어 우

리는 소위 살림을 하게 되었다. 처음에는 그럭저럭 지내었지마는 한 푼 나는 데 없는 살림이라 한 달 가고, 두 달 갈수록 점점 곤란해질 따름이었다. 나는 보수(報酬) 없는 독서와 가치 없는 창작으로 해가 지고 날이 새며 쌀이 있는지 나무가 있는지 망연케 몰랐다. 그래도 때때로 맛있는 반찬이 상에 오르고 입은 옷이 과히 추하지 아니함은 전혀 아내의 힘이었다. 전들 무슨 벌이가 있으리요, 부끄럼을 무릅쓰고 친가에 가서 눈치를 보아 가며 구차한 소리를 하여 가지고 얻어 온 것이었다. 그것도 한번 두 번 말이지 장구한 세월에 어찌 늘 그럴 수가 있으랴! 말경에는 아내가 가져온 세간과 의복에 손을 대는 수밖에 없었다. 잡히고 파는 것도 나는 알은 체도 아니 하였다. 그가 애를 쓰며 퉁명스러운 옆집 할멈에게 돈푼을 주고 시켰었다.

이런 고생을 하면서도 그는 나의 성공만 마음속으로 깊이깊이 믿고 빌었었다. 어느 때에는 내가 무엇을 짓다가 마음에 맞지 아니하여 쓰던 것을 집어던지고 화를 낼 적에,

"왜 마음을 조급하게 잡수셔요! 저는 꼭 당신의 이름이 세상에 빛날 날이 있을 줄 믿어요. 우리가 이렇게 고생을 하는 것이 장래에 잘 될 근본이야요."

하고 그는 스스로 흥분되어 눈물을 흘리며 나를 위로한 적도 있었다.

내가 외국으로 돌아다닐 때에 소위 신풍조(新風潮, 새로운 풍조)에 띄어 까닭 없이 구식 여자가 싫어졌다. 그래서 나의 일찍이 장가든 것을 매우 후회하였다. 어떤 남학생과 어떤 여학생이 서로 연애를 주고받고 한다는 이야기를 들을 적마다 공연히 가슴이 뛰놀며 부럽기도 하고

비감(悲感, 슬프고 애잔한 느낌)스럽기도 하였었다.

그러나 낫살이 들어갈수록 그런 생각도 없어지고 집에 돌아와 아내를 겪어 보니 의외에 그에게 따뜻한 맛과 순결한 맛을 발견하였다. 그의 사랑이야말로 이기적 사랑이 아니고 헌신적(獻身的) 사랑이었다. 이런 줄을 점점 깨닫게 될 때에 내 마음이 얼마나 행복스러웠으랴! 밤이 깊도록 다듬이를 하다가 그만 옷 입은 채로 쓰러져 곤하게 자는 그의 파리한 얼굴을 들여다보며,

"아아, 나에게 위안을 주고 원조를 주는 천사여!"

하고 감격이 극하여 눈물을 흘린 일도 있었나.

내가 알다시피 내가 별로 천품은 없으나 어쨌든 무슨 저작가(著作家)로 몸을 세워 보았으면

하여 나날이 창작과 독서에 전심력을 바쳤다. 물론 아직 남에게 인정(認定)될 가치는 없는 것이다. 그 영향으로 자연 일상생활이 말유(末由)하게 되었다.

이런 곤란에 그는 근 이 년 견디어 왔건마는 나의 하는 일은 오히려 아무 보람이 없고 방 안에 놓였던 세간이 줄어 가고 장롱에 찼던 옷이 거의 다 없어졌을 뿐이다.

그 결과 그다지 견딜성 있던 저도 요사이 와서는 때때로 쓸데없는 탄식을 하게 되었다. 손잡이를 잡고 마루 끝에 우두커니 서서 하염없이 먼 산만 바라보기도 하며 바느질을 하다 말고 실심(失心)한 사람 모양으로 멍멍히 앉았기도 하였다. 창경(窓鏡)으로 비치는 어스름한 햇빛에 나는 흔히 그의 눈물 머금은 근심 있는 눈을 발견하였다. 이럴 때에는 말할 수 없는 쓸쓸한

생각이 들며 일없이,

"마누라!"

하고 부르면 그는 몸을 흠칫 하고 고개를 저리로 돌리어 치맛자락으로 눈물을 씻으며,

"네에?"

하고 울음에 떨리는 가는 대답을 한다. 나는 등에 찬물을 끼얹는 듯 몸이 으쓱해지며 처량한 생각이 싸늘하게 가슴에 흘렀었다. 그렇지 않아도 자비(自卑)하기 쉬운 마음이 더욱 심해지며, '내가 무자격한 탓이다.' 하고 스스로 멸시를 하고 나니 더욱 견딜 수 없다.

'그럴 만도 하다.'는 동정심이 없지 아니하되 그래도 그만 불쾌한 생각이 일어나며,

'계집이란 할 수 없어.' 혼자 이런 불평을 중얼거리었다.

환등(幻燈) 모양으로 하나씩 둘씩 이런 일이

가슴에 나타나니 무어라고 말할 용기조차 없어졌다. 나의 유일의 신앙자(信仰者)이고 위로자이던 저까지 인제는 나를 아니 믿게 되고 말았다.

그는 마음속으로, '네가 6년 동안 내 살을 깎고 저미었구나! 이 원수야!' 할 것이다. 이렇게 생각하매 그의 불같던 사랑까지 엷어져 가는 것 같았다. 아니 흔적도 없이 사라지고 만 것 같았다. 나는 감상적으로 허둥허둥하며,

"낸들 마누라를 고생시키고 싶어 시켰겠소! 비단옷도 해주고 싶고 좋은 양산도 사주고 싶어요! 그러 길래 온종일 쉬지 않고 공부를 아니 하우. 남 보기에는 편편히 노는 것 같아도 실상은 그렇지 안 해! 본들 모른단 말이요."

나는 점점 강한 가면(假面)을 벗고 약한 진상(眞相)을 드러내며 이와 같은 가소로운 변명까지 하였다.

"웬 세상 사람이 다 나를 비소(誹笑)하고 모욕하여도 상관이 없지만 마누라까지 나를 아니 믿어 주면 어찌한단 말이요."

내 말에 스스로 자극이 되어 마침내,

"아아."

길이 탄식을 하고 그만 쓰러졌다. 이 순간에 고개를 숙이고 아마 하염없이 입술만 물어뜯고 있던 아내가 홀연,

"여보!"

울음소리를 떨면서 무너지는 듯이 내 얼굴에 쓰러진다.

"용서……."

하고는 북받쳐 나오는 울음에 말이 막히고 불덩이 같은 두 뺨이 내 얼굴을 누르며 흑흑 느끼어 운다. 그의 두 눈으로부터 샘솟듯 하는 눈물이 제 뺨과 내 뺨 사이를 따뜻하게 젖어

퍼진다.

내 눈에서도 눈물이 흘러내린다. 뒤숭숭하던 생각이 다 이 뜨거운 눈물에 봄눈 슬듯 스러지고 말았다.

한참 있다가 우리는 눈물을 씻었다. 내 속이 얼마큼 시원한 듯하였다.

"용서하여 주셔요! 그렇게 생각하실 줄은 몰랐어요."

이런 말을 하는 아내는 눈물에 불어 오른 눈꺼풀을 아픈 듯이 꿈쩍거린다.

"암만 구차하기로니 싫증이야 날까요! 나는 한 번 먹은 마음이 있는데……."

가만가만히 변명을 하는 아내의 눈물 흔적이 어룽어룽한 얼굴을 물끄러미 바라보며 겨우 심신이 가뜬하였다.

3

어제 일로 심신이 피곤하였던지 그 이튿날 늦게야 잠을 깨니 간밤에 오던 비는 어느 결에 그치었고 명랑한 햇발이 미닫이에 높았더라. 아내가 다시금 장문을 열고 잡힐 것을 찾을 즈음에 누가 중문을 열고 들어온다. 우리는 누군가 하고 귀를 기울일 적에 밖에서,

"아씨!"

하는 소리가 들렸다.

아내는 급히 방문을 열고 나갔다. 그는 처가에서 부리는 할멈이었다. 오늘이 장인 생신이라고 어서 오라는 말을 전한다.

"오늘이야! 참 옳지, 오늘이 이월 열엿샛날이지, 나는 깜빡 잊었어!"

"원 아씨는 딱도 하십니다. 어쩌면 아버님 생신을 잊으신단 말씀이요. 아무리 살림이 자미가

나시더라도……."

시큰둥한 할멈은 선웃음을 쳐가며 이런 소리를 한다.

가난한 살림에 골몰하느라고 자기 친부의 생신까지 잊었는가 하매 아내의 정지(情地)가 더욱 측은하였다.

"오늘이 본가 아버님 생신이라요. 어서 오시라는데……."

"어서 가구려……."

"당신도 가셔야지요. 우리 같이 가셔요."

하고 아내는 하염없이 얼굴을 붉힌다.

나는 처가에 가기가 매우 싫었었다. 그러나 아니 가는 것도 내 도리가 아닐 듯하여 하는 수 없이 두루마기를 입었다.

아내는 머뭇머뭇하며 양미간을 보일 듯 말 듯 찡그리다가 곁눈으로 살짝 나를 엿보더니 돌아서서 급히 장문을 연다.

'흥, 입을 옷이 없어서 망설거리는구나' 나도
슬쩍 돌아서며 생각하였다. 우리는 서로 등지고
섰건만 그래도 아내가 거의 다 빈 장 안을 들
여다보며 입을 만한 옷이 없어 눈살을 찌푸린
양이 눈앞에 선연함을 어찌할 수가 없었다.

"자아, 가셔요."

무엇을 생각는지 모르게 정신을 잃고 섰다가
아내의 부르는 소리를 듣고 나는 기계적으로 고
개를 돌리었다. 아내는 당목 옷을 갈아입고 내
마음을 알았던지 나를 위로하는 듯이 방그레 웃
는다. 나는 더욱 쓸쓸하였다.

우리 집은 천변 배다리 곁에 있고 처가는 '안
국동'에 있어 그 거리가 꽤 멀었다. 나는 천천
히 가느라고 가고 아내는 속히 오느라고 오건마
는 그는 늘 뒤떨어졌었다. 내가 한참 가다가 뒤

를 돌아보면 그는 늘 멀리 떨어져 나를 따라오
려고 애를 쓰며 주춤주춤 걸어온다. 길가에 다
니는 어느 여자를 보아도 거의 다 비단옷을 입
고 고운 신을 신었는데 아내만 당목 옷을 허술
하게 차리고 청목당혜로 타박타박 걸어오는 양
이 나에게 얼마나 애연(哀然)한 생각을 일으켰는
지!

한참 만에 나는 넓고 높은 처가 대문에 다다
랐다. 내가 안으로 들어갈 적에 낯선 사람들이
나를 흘끔흘끔 본다. 그들의 눈에, '이 사람이
누구인가. 아마 이 집 하인인가 보다.' 하는 경
멸이 여기는 빛이 있는 것 같았다. 안 대청 가
까이 들어오니 모두 내게 분분히 인사를 한다.
그 인사하는 소리가 내 귀에는 어째 비소하는
것 같기도 하고 모욕하는 것 같기도 하여 공연
히 가슴이 두근거리고 얼굴이 후끈거리었다.

그 중에 제일 내게 친숙하게 인사하는 사람이 있다. 그는 아내보다 삼 년 맏이인 처형이었다. 내가 어려서 장가를 들었으므로 그때 그는 나를 못 견디게 시달렸다. 그때는 그가 싫기도 하고 밉기도 하더니 지금 와서는 그때 그러한 것이 도리어 우리를 무관하고 정답게 만들었다. 그는 인천 사는데 자기 남편이 기미(期米, 현물 없이 쌀을 팔고 사는 일)를 하여 가지고 이번에 돈 십만 원이나 착실히 땄다 한다. 그는 자기의 잘 사는 것을 자랑하고자 함인지 비단을 내리감고 치감고 얼굴에 부유한 태(態)가 질질 흐른다. 그러나 분으로 숨기려고 애쓴 보람도 없이 눈 위에 퍼렇게 멍든 것이 내 눈에 띄었다.

"왜 마누라는 어쩌고 혼자 오셔요!"

그는 웃으며 이런 말을 하다가 중문 편을 바라보더니,

"그러면 그렇지! 동부인 안 하고 오실라구!"

혼자 주고받고 한다.

나도 이 말을 듣고 슬쩍 돌아다보니 아내가 벌써 중문 안에 들어섰더라. 그 수척한 얼굴이 더욱 수척해 보이며 눈물 괸 듯한 눈이 하염없이 웃는다. 나는 유심히 그와 아내를 번갈아 보았다. 처음 보는 사람은 분간을 못 하리만큼 그들의 얼굴은 혹사(酷似)하다. 그런데 얼굴빛은 어쩌면 저렇게 틀리는지! 하나는 이글이글 만발한 꽃 같고 하나는 시들시들 마른 낙엽 같다. 아내를 형이라 하고, 처형을 아우라 하였으면 아무라도 속을 것이다. 또 한 번 아내를 보며 말할 수 없는 쓸쓸한 생각이 다시금 가슴을 누른다.

딴 음식은 별로 먹지도 아니하고 못 먹는 술을 넉 잔이나 마시었다. 그래도 바늘방석에 앉은 것처럼 앉아 견딜 수가 없다. 집에 가려고 나는 몸을 일으켰다. 골치가 핑 하며 내가 선 방바닥이 마치 폭풍에 도도(滔滔)하는 파도같이 높았다 낮았다 어질어질해서 곧 쓰러질 것 같 다. 이 거동을 보고 장모가 황망(惶忙)히 일어서 며,

"술이 저렇게 취해 가지고 어데로 갈라구. 여 기서 한잠 자고 가게."

나는 손을 내저으며,

"아니에요. 집에 가겠어요."

취한 소리로 중얼거리었다.

"저를 어쩌나!"

장모는 걱정을 하시더니,

"할멈! 어서 인력거 한 채 불러 오게." 한다.

취중에도 인력거를 태우지 말고 그 인력거 삯 을 나를 주었으면 책 한 권을 사보련만 하는

생각이 있었다. 인력거를 타고 얼마 아니 가서 그만 잠이 들고 말았다.

한참 자다가 잠을 깨어 보니 방 안에 벌써 남포불이 키었는데 아내는 어느 결에 왔는지 외로이 앉아 바느질을 하고 화로에서는 무엇이 끓는 소리가 보글보글하였다. 아내가 나의 잠 깬 것을 보더니 급히 화로에 얹은 것을 만져 보며,

"인제 그만 일어나 진지를 잡수셔요."

하고 부리나케 일어나 아랫목에 파묻어 둔 밥그릇을 꺼내어 미리 차려 둔 상에 얹어서 내 앞에 갖다 놓고 일변 화로를 당기어 더운 반찬을 집어 얹으며,

"자아 어서 일어나셔요."

나는 마지못하여 하는 듯이 부시시 일어났다. 머리가 오히려 아프며 목이 몹시 말라서 국과 물을 연해 들이켰다.

"물만 잡수셔서 어째요. 진지를 좀 잡수셔야지."

아내는 이런 근심을 하며 밥상머리에 앉아서 고기도 뜯어 주고 생선뼈도 추려 주었다. 이것은 다 오늘 처가에서 가져온 것이다. 나는 맛나게 밥 한 그릇을 다 먹었다. 내 밥상이 나매 아내가 밥을 먹기 시작한다. 그러면 지금껏 내 잠 깨기를 기다리고 밥을 먹지 아니하였구나 하고 오늘 처가에서 본 일을 생각하였다. 어제 일이 있은 후로 우리 사이에 무슨 벽이 생긴 듯하던 것이 그 벽이 점점 엷어져 가는 듯하며 가엾고 사랑스러운 생각이 일어났었다. 그래서 우리는 정답게 이런 이야기 저런 이야기를 하게 되었다. 우리의 이야기는 오늘 장인 생신 잔치로부터 처형 눈 위에 멍든 것에 옮겨 갔다.

처형의 남편이 이번 그 돈을 딴 뒤로는 주야

요리점과 기생집에 돌아다니더니 일전에 어떤 기생을 얻어 가지고 미쳐 날뛰며 집에만 들면 집안사람을 들볶고 걸핏하면 처형을 친다 한다. 이번에도 별로 대단치 않은 일에 처형에게 밥상으로 냅다 갈겨 바로 눈 위에 그렇게 멍이 들었다 한다.

"그것 보아 돈푼이나 있으면 다 그런 것이야."

"정말 그래요. 없으면 없는 대로 살아도 의좋게 지내는 것이 행복이야요."

아내는 충심(衷心)으로 공명(共鳴)해 주었다.

이 말을 들으매 내 마음은 말할 수 없이 만족해지며 무슨 승리자나 된 듯이 득의양양하였다.

그리고 마음속으로, '옳다, 그렇다. 이렇게 지내는 것이 행복이다.' 하였다.

4

이틀 뒤 해 어스름에 처형은 우리 집에 놀러 왔었다. 마침 내가 정신없이 무엇을 생각하고 있을 즈음에 쓸쓸하게 닫혀 있는 중문이 찌그둥 하며 비단옷 소리가 사으락사으락 들리더니 아 랫목은 내게 빼앗기고 윗목에 바느질을 하고 있 던 아내가 문을 열고 나간다.

"아이고 형님 오셔요."

아내의 인사하는 소리가 들리더니 처형이 계 집 하인에게 무엇을 들리고 들어온다. 나도 반 갑게 인사를 하였다.

"그날 매우 욕을 보셨지요. 못 잡숫는 술을 무 슨 짝에 그렇게 잡수셔요."

그는 이런 인사를 하다가 급작스럽게 계집 하 인이 든 것을 빼앗더니 그 속에서 신문지로 싼 것을 끄집어내어 아내를 주며,

"내 신 사는데 네 신도 한 켤레 샀다. 그날 청 목당혜를……."

말을 하려다가 나를 곁눈으로 흘끗 보고 그만 입을 닫친다.

"그것을 왜 또 사셨어요."

해쓱한 얼굴에 꽃물을 들이며 아내가 치사하는 것도 들은 체 만 체하고 처형은 또 이야기를 시작한다.

"올 적에 사랑양반을 졸라서 돈 백 원을 얻었겠지. 그래서 오늘 종로에 나와서 옷감도 바꾸고 신도 사고……."

그는 자랑과 기쁨의 빛이 얼굴에 퍼지며 싼 보를 끌러,

"이런 것이야!"

하고 우리 앞에 펼쳐 놓는다.

자세히는 모르나 여하간 값 많은 품 좋은 비

단일 듯하다. 무늬 없는 것, 무늬 있는 것, 회색 옥색 초록색 분홍색이 갖가지로 윤이 흐르며 색색이 빛이 나서 나는 한참 황홀하였다. 무슨 칭찬을 해야 되겠다 싶어서,

"참 좋은 것인데요."

이런 말을 하다가 나는 또 쓸쓸한 생각이 일어난다. 저것을 보는 아내의 심중이 어떠할까? 하는 의문이 문득 일어남이라.

"모다 좋은 것만 골라 샀습니다그려."

아내는 인사를 차리느라고 이런 칭찬은 하나마 별로 부러워하는 기색이 없다.

나는 적이 의외의 감이 있었다.

처형은 자기 남편의 흉을 보기 시작하였다. 그 밉살스럽다는 둥 그 추근추근하다는 둥 말끝마다 자기 남편의 불미한 점을 들다가 문득 이야기를 끊고 일어선다.

"왜 벌써 가시려고 하셔요. 모처럼 오셨다가 반찬은 없어도 저녁이나 잡수셔요."

하고 아내가 만류를 하니,

"아니 곧 가야지. 오늘 저녁차로 떠날 것이니까 가서 짐을 메어야지. 아직 차 시간이 멀었어? 아니 그래도 정거장에 일찍이 나가야지 만일 기차를 놓치면 오죽 기다리실라구. 벌써 오늘 저녁차로 간다고 편지까지 했는데……."

재삼 만류함도 돌아보지 아니하고 그는 홀홀히 나간다. 우리는 그를 보내고 방에 들어왔다.

나는 웃으며 아내에게,

"그까짓 것이 기다리는데 그다지 급급히 갈 것이 무엇이야."

아내는 하염없이 웃을 뿐이었다.

"그래도 옷감 바꿀 돈을 주었으니 기다리는 것이 애처롭기는 하겠지."

밉살스러우니 추근추근하니 하여도 물질의 만
족만 얻으면 그것으로 위로하고 기뻐하는 그의
생활이 참 가련하다 하였다.

"참, 그런가 보아요."

아내도 웃으며 내 말을 받는다. 이때에 처형이
사준 신이 그의 눈에 띄었는지(혹은 나를 꺼려
보고 싶은 것을 참았는지 모르나) 그것을 집어
들고 조심조심 펴보려다가 말고 머뭇머뭇한다.
그 속에 그를 해케 할 무슨 위험 품이나 든 것
같이.

"어서 펴보구려."

아내가 하도 머뭇머뭇하기로 보다 못하여 내
가 재촉〔催促〕을 하였다.

아내는 이 말을 듣더니, '작히 좋으랴.' 하는
듯이 활발하게 싼 신문지를 헤친다.

"퍽 예쁜걸요."

그는 근일에 드문 기쁜 소리를 치며 방바닥 위에 사뿐 내려놓고 버선을 당기며 곱게 신어 본다.

"어쩌면 이렇게 맞아요!"

연해연방 감탄사를 부르짖는 그의 얼굴에 흔연한 희색이 넘쳐흐른다.

"……"

묵묵히 아내의 기뻐하는 양을 보고 있는 나는 또다시, '여자란 할 수 없어!' 하는 생각이 들며, '조심하였을 따름이다!' 하매 밤빛 같은 검은 그림자가 가슴을 어둡게 하였다.

그러면 아까 처형의 옷감을 볼 적에도 물론 마음속으로는 부러워하였을 것이다. 다만 표면에 드러내지 않았을 따름이다. 겨우,

"어서 펴보구려."

하는 한마디에 가슴에 숨겼던 생각을 속임 없

이 나타내는구나 하였다. 내가 무엇을 생각하고 있는지 저는 모르고 새 신 신은 발을 조금 쳐들며,

"신 모양이 어때요."

"매우 예뻐!"

겉으로는 좋은 듯이 대답을 하였으나 마음은 쓸쓸하였다. 내가 제게 신 한 켤레를 사주지 못하여 남에게 얻은 것으로 만족하고 기뻐하는 도다…….

웬일인지 이번에는 그만 불쾌한 생각이 일어나지 아니하였다. 처형이 동서(同壻)를 밉다거나 무엇이니 하면서도 기차를 놓치면 남편이 기다릴까 염려하여 급히 가던 것이 생각난다. 그것을 미루어 아내의 심사도 알 수가 있다. 부득이한 경우라 하릴없이 정신적 행복에만 만족하려고 애를 쓰지마는 기실(其實, 실제의 사정) 부족

한 것이다. 다만 참을 따름이다. 그것은 내가 생각해야 된다. 이런 생각을 하니 전날 아내에게 그런 말을 한 것이 후회가 난다.

'어느 때라도 제 은공을 갚아 줄 날이 있겠지!' 나는 마음을 좀 너그럽게 먹고 이런 생각을 하며 아내를 보았다.

"나도 어서 출세를 하여 비단신 한 켤레쯤은 사주게 되었으면 좋으련만……."

아내가 이런 말을 듣기는 참 처음이다.

"네에?"

아내는 제 귀를 못 미더워하는 듯이 의아(疑訝)한 눈으로 나를 보더니 얼굴에 살짝 열기가 오르며,

"얼마 안 되어 그렇게 될 것이야요!"

라고 힘 있게 말하였다.

"정말 그럴 것 같소?"

나는 약간 흥분하여 반문하였다.

"그러문요, 그렇고말고요."

아직 아무도 인정해 주지 않은 무명작가인 나를 다만 저 하나가 깊이깊이 인정해 준다. 그러기에 그 강한 물질에 대한 본능적 요구도 참아 가며 오늘날까지 몹시 눈살을 찌푸리지 아니하고 나를 도와 준 것이다.

'아아, 나에게 위안을 주고 원조를 주는 천사여!' 마음속으로 이렇게 부르짖으며 두 팔로 덥석 아내의 허리를 잡아 내 가슴에 바싹 안았다. 그 다음 순간에는 뜨거운 두 입술이……

그의 눈에도 나의 눈에도 그렁그렁한 눈물이 물 끓듯 넘쳐흐른다.

■ 불

━

　시집 온 지 한 달 남짓한, 금년에 열다섯 살밖
에 안 된 '순이'는 잠이 어릿어릿한 가운데도
숨길이 갑갑해짐을 느꼈다. 큰 바위로 내리누르
는 듯이 가슴이 답답하다. 바위나 같으면 싸늘
한 맛이나 있으련마는, 순이의 비둘기 같은 연
약한 가슴에 얹힌 것은 마치 장마 지는 여름날
과 같이 눅눅하고 축축하고 무더운데다가 천근
의 무게를 더한 것 같다. 그는 복날 개와 같이
헐떡이었다. 그러자 허리와 엉덩이가 뻐개 내는
듯, 쪼개 내는 듯, 갈기갈기 찢는 것같이, 산산

이 바수는 것같이 욱신거리고 쓰라리고 쑤시고 아파서 견딜 수 없었다. 쇠막대 같은 것이 오장육부를 한편으로 치우치며 가슴까지 치받쳐 올라 꽉꽉 뻗지를 때엔 순이는 입을 딱딱 벌리며 몸을 위로 추스른다.

이렇듯 아프니 적이나 하면 잠이 깨련만 온종일 물이기, 절구질하기, 물방아 찧기, 논에 나간 일꾼들에게 밥 나르기에 더할 수 없이 지쳤던 그는 잠을 깨려야 깰 수 없었다. 그렇다고 그가 혼수상태에 떨어진 것은 물론 아니니(이러다간 내가 죽겠구먼! 죽겠구먼! 어서 잠을 깨야지, 깨야지) 하면서도 풀칠이나 한 듯이 죄어 붙는 눈을 뜰 수가 없었다. 연해 입을 딱딱 벌리며 몸을 추스르다가 나중에는 지긋지긋한 고통을 억지로 참는 사람 모양으로 이까지 빠드득빠드득 갈아 부치었다.

얼마 만에야 무서운 꿈에 가위눌린 듯한 눈을 어렴풋이 뜰 수 있었다. 제 얼굴을 솥뚜껑 모양으로 덮은 남편의 얼굴을 보았다. 함지박만한 큰 상판의 검은 부분은 어두운 밤빛과 어우러졌는데 번쩍이는 눈깔의 흰자위, 침이 꽤 흐르는 입술, 그것이 비뚤어지게 열리며 드러난 누런 이빨만 무시무시하도록 뚜렷이 알아볼 수가 있었다.

그러자 가뜩이나 큰 얼굴이 자꾸자꾸 부어오르더니 주악 빛으로 지져 놓은 암갈색의 어깨판도 따라서 확대되어서 깍짓동만 하게 되고 집채만 하게 된다. 순이는 배꼽에서 솟아오르는 공포와 창자를 뒤트는 고통에 몸을 떨었다가 버르적거렸다가 하면서 염치없는 잠에 뒷덜미를 잡히기도 하고 무서운 현실에 눈을 뜨기도 하였다. 그 고통으로부터 겨우 벗어난 때에는, 유월의 단열밤(短夜)이 벌써 새었다. 사내의 어마어마한 윤곽이 방이 비좁도록 움직이자 밖으로 나간다. 들에 새벽 일하러 나감이리라. 그제야 순이도 긴 한숨을 쉬며 잠을 깰 수 있었다. 짙은 먹칠이 가물가물한 가운데 노랏노랏이 삿자리의 눈이 드러난다. 윗목에 놓인 허술한 경대 위에 번들번들하는 석경이라든지 '원수의 방'이 분명하다. 더구나 제 등때기 밑에는 요까지 깔려 있다.

'이것은 어찌된 셈인구?' 순이는 정신을 차리며 생각해 보았다. 어젯밤에 그가 잔 데는 여기가 아닐 테다. 밤이 되면 으레 당하는 이 몹쓸 노릇들을 하루라도 면하려고 저녁 설거지를 마치는 맡에 아무도 몰래 헛간으로 숨었었나. 단지 둘밖에 아니 남은 볏섬을 의지 삼아 빈 섬 거적을 깔고 두 다리를 쭉 뻗칠 사이도 없이 고만 고달픈 잠에 떨어지고 말았었다. 그런데 어찌 또 방으로 들어왔을까? 그 원수엣 놈이 육욕에 번쩍이는 눈알을 부라리며 사면팔방으로 찾다가 마침내 그를 발견하였음이리라. 억센 팔로 어렵지 않게 자는 그를 안아다가 또 '원수의 방'에 갖다놓았음이리라. 그리고는 또 원수의 그 노릇.

이런 생각을 끝도 맺기 전에 흐리터분한 잠이 다시금 그의 사개 물러난 몸을 엄습하였다.

집안이 떠나갈 듯한 시어미의 소리가 일어났다.

"안 일어났니? 어서 쇠죽을 끓여야지!"

그 소리가 끝나기도 전에 순이는 빨딱 몸을 일으킨다. 한 손으로 눈을 비비며 또 한 손으로 남편이 벗겨놓은 옷을 주섬주섬 총망히 주워 입는다. 그는 시방껏 자지 않았던가? 그 거동을 보면 자기는 새로 정신을 한껏 모으고 호령일하를 기다리던 군사에 질 바 없었다. 그러니만큼 자던 잠결에도 시어미의 호령은 무서웠음이다.

총총히 마루로 나오니 아직 날은 다 밝지 않았다. 자욱한 안개를 격해서 광채를 잃은 흰 달이 죽은 사람의 눈깔 모양으로 희멀겋게 서쪽으로 기울고 있다.

저녁에 안쳐 놓은 쇠죽솥에 가자 불을 살랐다. 비록 여름일망정 새벽 공기는 찼다. 더욱이 어슬한 기를 느끼던 순이는 번쩍하고 불붙는 모양이 매우 좋았다. 새빨간 입술이 날름날름 집어 주는 솔개비17)를 삼키는 꼴을 그는 흥미 있게 구경하고 있었다. 고된 하룻밤으로 말미암아 더욱 고된 순이의 하루는 또 시작되었디.

---

17) 솔개비, 또는 '솔가리' 말라서 땅에 떨어져 쌓인 솔잎. 소나무의 가지를 땔감으로 쓰려고 묶어 놓은 것.

쇠죽을 다 끓이자 아침밥 지을 물을 또 아니 이어올 수 없었다. 물동이를 이고 두 팔을 치켜 그 귀를 잡으니 겨드랑이로 안개 실린 공기가 싸늘하게 기어들었다. 시냇가에 나와서 물동이를 놓고 한 번 기지개를 켰다. 안개에 묻힌 올망졸망한 산과 등성이는 아직도 몽롱한 꿈길을 헤매는 듯. 엊그제 농부를 기뻐 뛰게 한 큰비의 덕택으로 논이란 논엔 물이 질번질번한데 흰 안개와 어우러지니 마치 수은이 엉킨 것 같고 벌써 옮겨 놓은 모들은 파릇파릇하게 졸음 오는 눈을 비비고 있다. 이런 가운데 저 혼자 깨었다는 듯이 시내는 쫄쫄 소리를 치며 흘러간다. 과연 가까이 앉아서 들여다보니 샛말간 그 얼굴은 잠 하나 없는 눈동자와 같다. 순이는 퐁하며 바가지를 넣었다. 상처가 난데를 메우려는 듯이 사방에서 모여든 물이 바가지 들어갔던 자리를 둥글게 에워싸며 한동안 야료를 치다가 그리 중상은 아니라고 안심한 것같이 너르게 둘레를 그리며 물러나갔다. 순이는 자꾸 물을 퍼내었다.

한 동이를 여다 놓고 또 한 동이를 이러 왔을 제 그가 벌써부터 잡으려고 애쓰던 송사리 몇 마리가 겁 없이 동실동실 떠다니는 걸 보았다. 욜랑욜랑하는 그 모양이 퍽 얄미웠다. 숨소리를 죽이고 가만히 두 손을 넣어서 움키려 하였건만 고놈들은 용하게 빠져 달아나곤 한다. 몇 번을 헛애만 쓴 순이는 그만 화가 더럭 나서 이번에는 돌멩이를 주워 다가 함부로 물속의 고기를 때렸다. 제 얼굴에, 옷에, 물만 튀었지, 고놈들은 도무지 맞지를 않았다. 짜증이 나서 울고 싶다. 돌질로 성공을 못한 줄 안 그는 다시금 손으로 움켜보았다. 그중에 불행한 한 놈이 마침내 순이의 손아귀에 들고 말았다.

손 새로 물이 빠져가자 제 목숨도 잦아 가는 것에 독살이 난 듯이 파득파득하는 꼴이 순이에게는 재미있었다. 얼마 안 되어 가련한 물짐승이 죽은 듯이 지친 몸을 손바닥에 붙이고 있을 제 잔인하게도 순이는 땅바닥에 태기를 쳤다. 아프다는 듯이 꼼지락하자 그만 작은 목숨은 사라졌지만 그래도 아니 죽었거니 하고, 순이는 손가락으로 건드려 보았다. 그래서 일순 송장이 된 것을 깨닫자 생명 하나를 없앴다는 공포심이 그의 뒷덜미를 집었다. 그 자리에서 곧 송사리의 원혼이 날 듯싶었다. 갈팡질팡 물을 긷고 돌아서는 그는 누가 뒤에서 머리카락을 잡아당기는 듯하였다.

눈코를 못 뜨게 아침을 치르자마자 그는 또 보리를 찧어야 했다. 절구질을 하노라니 허리가 부러지는 것 같다. 무거운 절구에 끌려서 하마

터면 대가리를 절구통 속에 찧을 뻔도 하였다. 팔이 떨어지는 것 같다. 그래도 그는 깽깽하며 끝까지 절구질을 아니 할 수 없었다.

또 점심이다. 부랴부랴 밥을 다 지어서는 모심기 하는 일꾼(거기는 자기 남편도 끼었다)에게 밥을 날라야 한다. 국이며 밥을 잔뜩 담은 목판이 그의 정수리를 내리누르니 모가지가 자라의 그것같이 움츠러지는 것은 물론이려니와 키까지 졸아든 듯하였다. 이래 가지고 떼어 놓기 어려운 발길을 옮기며 삽짝 밖을 나섰다.

샛말갛게 갠 하늘에는 구름 한 점도 없고 중천에 솟은 해님이 불같은 볕을 내리퍼붓고 있었다. 질펀한 들에는 '흙의 아들'이 하얗게 흩어져 옴석 피듯 어머니의 기름진 젖가슴을 철버거리며 모내기에 한창 바쁘다. 그들이 굽혔다 폈다 하는 서슬에 옷으로 다 여미지 못한 허리는 새까맣게 찢어 놓은 듯하고 염치없이 눈에까지 흘러드는 팥죽 같은 땀을 닦느라고 얼굴은 모두 흙투성이가 되었다. 그래도 한시라도 속히, 한 포기라도 많이 옮기려고 골똘한 그들은 뼈가 휘어도 괴로운 한숨 한 번 쉬지 않는다. 도리어 그들은 노래를 부른다. 가장 자유로운 곡조로 가장 신나게 노래를 부른다.

땅은 흠씬 젖은 물을 끓는 햇발에 바래이고 논두렁에 엉클어진 잡풀들은 사람의 발이 함부로 밟음에 맡기며, 발이 지나가기를 기다려 고개를 쳐들고 부신 햇발에 푸른 웃음을 올리고 있다. 거기는 굳세게, 힘 있게 사는 생명의 기쁨이 있고 더욱더욱, 삶을 충실히 하려는 든든한 노력이 있었다. 간단히 말하면 건강이 넘치는 천지였다. 불건강한 물건의 존재를 허락지 않는 천지였다.

이 강렬한 광선의 바다의 싱싱한 공기를 마시기엔 순이의 몸은 너무나 불건강하였다. 눈이 핑핑 내어둘리며 머리가 어찔어찔하다. 온 몸을 땀으로 미역 감기면서도 으쓱으쓱 한기가 들었다. 빗물이 고인 데를 건너뛰자, 제 물속에 잠긴 태양이 번쩍하자 그의 눈앞은 캄캄해졌다. 문득 아침에 제가 죽인 송사리란 놈이 파드득하고 내달으며 방어만치나 어마어마하게 큰 몸뚱이로 그의 가는 길을 막았다. 속으로 '악' 외마디소리를 치며 몸을 빼쳐 달아나려고 할 제 그는 그만 무엇인지 분간을 못하게 되었다. 누가 저의 머리채를 잡아서 회술레를 돌리는 듯한 느낌이었다. 그럴 사이에 그는 벼락 치는 소리를 들은 채 정신을 잃었다.

한참만에야 순이는 깨어났건만 본정신이 다 돌아오지는 않았다. 어리둥절하게 눈만 멀뚱거리고 있는 사이 점심밥을 이고 나가던 일, 넓은 들에서 눈을 부시게 하던 햇발, 길을 막던 송사리 생각이 차례차례로 떠올랐다. 그러면 이고 가던 점심은 어떻게 되었는가? 하면서 휘 사방을 둘러볼 겨를도 없이 그는 외마디 소리를 치며 몸을 소스라쳤다. 또다시 그 원수의 방에 누웠을 줄이야! 미친 듯이 뛰어나왔다. 그의 눈은 마치 귀신에게 홀린 사람 모양으로 두려움과 무서움에 호동그래(호젓하고 조용하다)졌다.

마당에 널어놓은 밀을 고밀개로 젓고 있는 시어미는 뛰어나오는 며느리에게 날카로운 시선을 던지었다. 국과 밥을 모두 못 먹게 만든 것은 그만두더라도 몇 개 아니 남은 그릇을 깨뜨린 것이 한없이 미웠으되 까무러치기까지 한 며느리를 일어나는 맡에 나무라기는 어려웠음이리라.

"인제 정신을 차렸느냐. 왜 더 누워서 조리를 하지 방정을 떨고 나오니. 어 서 방으로 들어가 서 누워 있으려무나."

부드러운 목소리를 짓느라고 매우 애를 쓰는 모양이다.

그래도 순이는 비실비실하는 걸음걸이로 부득 부득 마당으로 내려온다.

"방에 들어가서 조리를 하래도 그래."

이번에는 언성이 조금 높아진다.

"싫어요. 싫어요. 괜찮아요."

순이는 방에 다시 들어가기가 죽기보다 싫었 다.

"또 고분고분 말을 아니 듣고 억지를 부리는 군."

하다가 속에서 치받치는 미움을 걷잡지 못하 겠다는 듯이 고밀개18) 자루를 거꾸로 들 사이도 없이 시어미는 며느리에게로 달려들었다.

"요 방정맞은 년 같으니, 어쩌자고 그릇을 다 부수고 아실랑 아실랑 나오는 건 뭐냐. 요 얌치 없는 년 같으니, 저번 장에 산 사발을 두 개나 산산조각을 만들고."

하고 푸념을 섞어가며 고밀개 자루로 머리, 등, 다리 할 것 없이 함부로 두들기기 시작한다. 순이는 맞아도 아픈 줄을 몰랐다. 으스러지는 듯이 찌뿌둥한 몸에 괴상한 쾌감을 일으켰다.

"요런 악지 센 년 좀 보아! 어쩌면 맞아도 울지 않고 요렇게 있담."

하고 또 한참 매질을 하다가 스스로 지친 듯이 고밀개를 집어던지며,

---

18) 고밀개, 또는 '고무래' 곡식을 그러모으고 펴거나, 밭의 흙을 고르거나 아궁이의 재를 긁어모으는 데에 쓰는 '丁'자 모양의 기구. 장방형이나 반달형 또는 사다리꼴의 널조각에 긴 자루를 박아 만든다.

"요년, 보기 싫다. 어서 부엌에 가서 저녁이나 지어라."

순이는 또 시키는 대로 부엌에 들어가서 밥을 안쳤다.

그럭저럭 하루해는 저물어 간다. 으슥한 부엌은 벌써 저녁이나 된 듯이 어둑어둑해졌다. 무서운 밤, 지겨운 밤이 다시금 그를 향하여 시커먼 아가리를 벌리려 한다. 해질 때마다 느끼는 공포심이 또다시 그를 엄습하였다. 번번이 해도 번번이 실패하는, 밤 피할 궁리로 하여 그의 좁은 가슴은 쥐어뜯기었다. 그럴 사이에 그 궁리는 나서지 않고 제 신세가 어떻게 불쌍하고 가엾은지 몰랐다. 수백 리 밖에 부모를 두고 시집을 온 일, 온 뒤로 밤마다 날마다 당하는 지긋지긋한 고생, 더구나 오늘 시어머니한테 두들겨 맞은 일이 한없이 서럽고 슬퍼서 솟아오르는 눈물을 걷잡을 수 없었다. 주먹으로 씻다가 팔까지 젖었건만 눈물은 그치지 않았다.

그때였다. 누가 뒤에서 그의 어깨를 흔들었다. 순이는 무심코 돌아보자마자 간이 오그라든 듯하였다. 그의 남편이 몸을 굽혀서 어깨너머로 그를 들여다보고 있지 않은가. 그 볕에 그을린 험상궂은 얼굴엔 어울리지 않게 보드라운 표정과 불쌍해하는 빛이 역력히 흘렀다. 그러나 솔개에 치인 병아리 모양으로 숨 한 번 옳게 쉬지 못하는 순이는 그런 기색을 알아볼 여유도 없었다.

'왜 울어, 울지 마, 울지 마!'라고 꺽세인 몸을 떨어뜨리며 위로를 하면서 그 솥뚜껑 같은 손으로 우는 순이의 눈을 씻어 주고는 나가버린다.

남편을 본 뒤로는 더욱 견딜 수 없었다. 가슴을 지질러서 막는 바위, 온몸을 바스라 내는 쇠

몽둥이, 시방껏 흐르던 눈물도 간 데 없고 다시금 이 지긋지긋한 '밤 피할 궁리'에 어린 머리를 짰다. 아니 밤 탓이 아니다. 온전히 그 '원수의 방' 때문이다. 만일 그 방만 아니면 남편이 또한 그 눈물을 씻어주고 나갈 따름이다. 그 방만 아니면 그런 고통을 줄려야 줄 곳이 없을 것이다.

'고 원수의 방! 없애 버릴 도리가 없을까?' 입때 방을 피하려다가 뜻을 이루지 못한 순이는 인제 그 방을 없애버릴 궁리를 하게 되었다. 밥이 보그르르 넘었다. 순이가 솥뚜껑을 열려고 일어섰을 제 부뚜막에 얹힌 성냥이 그의 눈에 띄었다. 이상한 생각이 번개같이 그의 머리를 스쳐간다.

그는 성냥을 쥐었다. 성냥 쥔 그의 손은 가늘게 떨렸다. 그러자 사면을 한 번 돌아볼 겨를도 없이 그 성냥을 품속에 감추었다. 이만하면 될 일을 왜 여태껏 몰랐던가 하면서 그는 싱그레 웃었다.

그날 밤에 그 집에는 난데없는 불이 건넌방 뒤꼍 추녀로부터 일어났다. 풍세를 얻은 불길이 삽시간에 온 지붕에 번지며 훨훨 타오를 제 뒷집 담 모서리에서 순이는 근래에 없이 환한 얼굴로 기뻐 못 견디겠다는 듯이 가슴을 두근거리며 모로 뛰고 세로 뛰었다.

■ 광화사(狂畫師)

——— 김동인

인왕(仁王)

바위 위에 잔솔이 서고 잔솔 아래는 이끼가 빛을 자랑한다.

굽어보니 바위 아래는 몇 포기 난초가 노란 꽃을 벌리고 있다. 바위에 부딪치는 잔바람에 너울거리는 난초 잎.

'여(余)'는 허리를 굽히고 스틱(봉, 또는 막대기)으로 아래를 휘저어보았다. 그러나 아직 난초에는 4, 5축의 거리가 있다. 눈을 옮기면 계곡.

전면이 소나무의 잎으로 덮인 계곡이다. 틈틈이는 철색(鐵色)의 바위로 보이기는 하나, 나무 밑의 땅은 볼 길이 없다. 만약 여로서 그 자리에 한 번 넘어지면 소나무의 잎 위로 굴러서 저편 어디인지 모를 골짜기까지 떨어질 듯하다.

여의 등 뒤에도 2, 3장(丈)이 넘는 바위다. 그 바위에 올라서면 '무학(舞鶴)재'로 통한 커다란 골짜기가 나타날 것이다. 여의 발아래도 장여(丈餘)의 바위다. 아래는 몇 포기 난초, 또 그 아래는 두세 그루의 잔솔, 바위 아래로부터는 가파른 계곡이다.

그 계곡이 끝나는 곳에는 소나무 위로 비로소 경성시가의 한편 모퉁이가 보인다. 길에는 자동차의 왕래도 가맣게 보이기는 한다. 여전한 분요(紛擾, 어수선하고 소란스러움)와 소란의 세계는 그곳에 역시 전개되어 있기는 할 것이다.

그러나 여기 지금 서 있는 곳은 심산이다. 심산이 가져야 할 온갖 조건을 구비하였다.

바람이 있고, 암굴이 있고, 산초 산화가 있고, 계곡이 있고, 생물이 있고, 절벽이 있고, 난송(亂松)이 있고—말하자면 심산이 가져야 할 유수미(幽邃味)를 다 구비하였다.

본시는 이 도회는 심산 중의 한 계곡이었다. 그것을 5백년간을 닦고, 갈고, 지어서 오늘날의 경성부를 이룬 것이다.

이러한 협곡에 국도(國都)를 창건한 이태조의 본의가 어디에 있었는지를 알 길이 없다. 그러나 오늘날의 한 산보객의 자리에서 보자면 서울은 세계에 유례가 없는 미도(美都)일 것이다.

도회에 거주하며 식후의 산보로서 푸대님 채로 이러한 유수(幽邃, 깊숙하고 그윽하게)한 심산에 들어갈 수 있다 하는 점으로 보아서 서울에 비길 도회가 세계에 어디 다시 있으랴.

회흑색(灰黑色)의 지붕 아래 고요히 누워 있는 5백년의 도시를 눈 아래 굽어보는 여의 사위에는 온갖 고산식물이 난성(亂盛)하고 계곡에 흐르는 물소리와 눈 아래 날아드는 기조(奇鳥)들은 완전히 여로 하여금 등산객의 정취를 느끼게 한다.

여는 스틱(막대기)을 바위틈에 꽂아 놓았다. 그리고 굴러 떨어지기를 면키 위하여 잔솔의 새에 자리 잡고 비스듬히 앉았다. 담배를 피우고 싶었으나 잠시의 산보로 여기고 담배도 안 가지고 나온 발이 더듬더듬 여기까지 미쳤으므로 담배도 없다.

시야의 한편에는 2, 3장의 바위, 다른 한편에는 푸르른 하늘, 그 끝으로는 솔잎이 서너 개 어렴풋이 보인다. 그윽이 코로 몰려들어오는 송진 냄새. 소나무에 불리는 바람소리—유수키 짝이 없다. 여가 지금 앉아 있는 자리는 개벽 이래로 과연 몇 사람이나 밟아 보았을까. 이 바위 생긴 이래로 혹은 여가 맨 처음 발 대어본 것이 아닐까. 아까 바위를 기어서 이곳까지 올라오느라고 애쓰던 그런 맹랑한 노력을 하여본 바보가 여 이외에 몇 사람이나 있었을까. 그런 모험을 맛보기 위하여 심산을 찾아온 용사는 많을 것이로되 결사적 인왕 등산을 한 사람은 그리 많으리라고 생각되지 않는다.

*

등 뒤 바위에는 암굴이 있다. 뱀이라도 있을까 무서워서 들어가 보지는 않았지만 스틱으로 휘저어본 결과로도, 세 사람은 넉넉히 들어가 앉아 있음직하다.

이 암굴을 무엇에 이용할 수가 없을까.

음모의 도시. 한양은 그새 5백년간 별별 음흉한 사건이 연출되었다. 시가 끝에서 반시간 미만에 넉넉히 올 수 있는 이런 가까운 거리에 뚫린 암굴은, 있는 줄 알기만 하였으면 혹은 음모에 이용되지 않았을까.

공상!

유수한 맛에 젖어 있던 여는 이 암굴 때문에 차차 불쾌한 공상에 빠지기 시작하려 한다.

온갖 음모, 그 뒤를 잇는 살육·모함·방축, 이조 5백년간의 추악한 모양이 여로 하여금 불쾌한 공상에 빠지게 하려 한다.

여는 황망히 이런 불쾌한 공상에서 벗어나려고 주머니에 담배를 뒤적이었다. 그러나 담배는 여전히 있을 까닭이 없었다.

다시 눈을 들어서 안하를 굽어보면 일면에 깔

린 송초(松梢)!

반짝!

보매 한줄기의 샘이다. 소나무 틈으로 보이는
그 샘은 아마 바위틈을 흐르는 샘물인 듯. 똘똘
똘똘 들리는 것은 아마 바람소리겠지. 저렇듯
멀리 아래 있는 샘의 소리가 이곳까지 들릴 리
가 없다.

*

샘물!

저 샘물을 두고 한 개 이야기를 꾸며볼 수가
없을까. 흐르는 모양도 아름답거니와 흐르는 소
리도 아름답고, 그 맛도 아름다운 샘물을 두고
한 개 재미있는 이야기가 여의 머리에 생겨나지
않을까. 암굴을 두고 생겨나려던 음모·살육의
불쾌한 공상보다 좀 더 아름다운 다른 이야기가

꾸며나지 않을까.

여는 바위틈에 꽂았던 스틱을 도로 뽑았다. 그 스틱으로써 여의 발아래 바위를 가볍게 두드리면서 한 개 이야기를 꾸며보았다.

*

한 화공이 있다.

화공의 이름은? 지어내기가 귀찮으니 신라 때의 화성(畵聖)의 이름을 차용하여 '솔거(率居)'19)라 하여 두자.

시대는?

시대는 이 안하에 보이는 도시가 가장 활기 있고 아름답던 시절인 세종 성주의 때쯤으로 하어 둘까.

---

19) 솔거(率居), 신라 진흥왕 때의 화가. 황룡사의 벽화 〈노송도〉와 분황사의 〈관음보살〉, 진주 단속사의 〈유마거사상〉 따위를 그렸으나 지금은 전하지 않는다.

백악이 흘러내리다가 맺힌 곳. 거기는 한양의 정기를 한 몸에 지닌 경복궁 대궐이 있다. 이 대궐의 북문인 신무문(神武門) 밖 우거진 뽕밭 새에 중로(中老)의 사나이가 오뇌(懊惱, 뉘우쳐 한탄하고 번뇌함)스러운 얼굴을 하고 있다.

화공 솔거였다.

무르익은 여름, 뜨거운 볕은 뽕잎이 가려준다. 하나, 훈훈한 기운은 머리 위 뽕잎과 땅에서 우러나서 꽤 무더운 이 뽕밭 속에 숨어 있는 화공, 자그마한 보따리에는 점심까지 싸가지고 온 것으로 보아 저녁까지 이곳에 있을 셈인 모양이다.

그러나 무얼 하는지, 단지 땀을 펑펑 흘리며 오뇌스러운 얼굴로 앉아 있을 뿐이다.

왕후 친잠(王后親蠶)20)에 쓰이는 이 뽕밭은 잡

---

20) 황후 친잠, 황제의 정실(正室) 양잠을 장려하기 위하여 왕비가 몸소 누에를 치던 일.

인들이 다니지 못할 곳이다. 하루 종일을 사람의 그림자 하나 얼씬하지 않는다.

때때로 바람이 우수수하니 뽕나무 위로 불기는 하나 솔거가 숨어 있는 곳에는 한 점의 바람도 들어오지 않는다. 이 무더운 속에 솔거는 바람이 불적마다 몸을 흠칫흠칫 놀라며, 그러면서도 무엇을 기다리듯이 뽕나무 그루 아래로 저편 앞을 주시하고 있다.

이윽고 석양이 무악을 넘고 이 도시에도 황혼이 들었다.

날이 어둡기를 기다려서 이 화공은 몸을 숨겨 가지고 거기서 나왔다.

"오늘은 헛길, 내일이나 다시 볼까."

한숨 쉬면서 제 오막살이를 찾아 돌아가는 화공. 날이 벌써 꽤 어두웠지만 그래도 아직 저녁빛이 약간 남은 곳에 내어놓은 이 화공은 세상에 보기 드문 추악한 얼굴의 주인이었다. 코가 질병자루 같다, 눈이 퉁방울 같다, 귀가 박죽 같다, 입이 나발통 같다, 얼굴이 두꺼비 같다— 소위 추한 얼굴을 형용하는 온갖 형용사를 한 얼굴에 지닌 흉한 얼굴의 주인으로서 그 얼굴이 또한 굉장히도 커서 멀리서 볼지라도 그 존재가 완연할 이 만하다.

이 얼굴을 가지고는 백주에는 나다니기가 스스로 부끄러울 것이다.

아닌 게 아니라 솔거는 철이 들은 이래 여태 껏 백주에 사람 틈에 나다닌 일이 없었다.

일찍이 열여섯 살에 스승의 중매로서 어떤 양가 처녀와 결혼을 하였지만 그 처녀는 솔거의 얼굴을 보고 기절을 하고, 기절에서 깨어나서는 그냥 집으로 도망쳐버리고—그 다음 또 한 번 장가를 들어보았지만 그 색시 역시 첫날밤만 정신 모르고 치른 뒤에는 이튿날은 무서워서 죽어도 같이 못 살겠노라고 부모에게 떼를 써서 두 번째의 비극을 겪고— 이러한 두 가지의 사변을 겪고 난 뒤에 솔거는 차차 여인이라는 것을 보기를 피하여오다가 그 괴벽이 점점 자라서 나중에는 일체로 사람이란 것의 얼굴을 대하기가 싫어졌다.

사람을 피하기 위하여— 그리고 또한 일방으로는 화도(畫道)에 정진하기 위하여, 인가를 떠나서 백악의 숲속에 조그마한 오막살이를 하나 틀고 거기 숨은 지 근 30년. 생활에 필요한 물건 혹은 그림에 필요한 물건을 구하기 위하여 부득이 거리에 나가야 할 필요가 있을 때는 반드시 밤을 택하였다. 피할 수 없어 낮에 나갈 때는 방립을 쓰고 그 위에 얼굴을 베로 가리었다.

*

화도에 발을 들여놓은 지 근 사십년, 부득이한 은둔생활을 경영한 지 삼십년, 여인에게로 소모되지 못한 정력은 머리로 모이고, 머리로 모인 정력은 손끝으로 뻗어서 종이에, 비단에 갈겨 던진 그림이 벌써 수천 점. 처음에는 그 그림에 대하여 아무 불만도 느껴보지 않았다.

하늘에서 타고난 천분과 스승에게서 얻은 훈련과 저축된 정력의 소산인 한 장의 그림이 생겨날 때마다 그것을 보면서 스스로 만족히 여기고 스스로 자랑스럽게 여기던 그였다.

그러나 그런 과정을 밟기 이십년에 차차 그의 마음에 움돋은 불만, 그것은 어떻게 보자면 화도에는 이단적인 생각일는지도 모를 것이다.

좀 다른 것은 그릴 수가 없는가.

산이다, 바다다, 나무다, 시내다, 지팡이 짚은

노인이다, 다리다, 혹은 돛단배다, 꽃이다. 과즉 달이다, 소다, 목동이다.

이밖에 그가 아직 그려본 것이 무엇이었던가.

유원(幽遠)한 맛, 단 한 가지밖에 없는 전통적 그림보다 좀 더 다른 것을 그려보고 싶다.

여태껏 스승에게 배운 바의 백발백염(白髮白 髥)의 노옹이나 피리 부는 목동 이외에 좀 더 얼굴에 움직임이 있는 사람을 그려보고 싶다. 표정이 있는 얼굴을 그려보고 싶다.

이리하여 재래의 수법을 아낌없이 내어던진 솔거는 그로부터 십년간을 사람의 표정을 그리느라고 세월을 보냈다.

그러나 사람의 세상을 멀리 떠나서 따로 사는 이 화공에게는 사람의 표정이 기억에 가맣다.

상인들의 간특한 얼굴, 행인들의 덜난 무표정한 얼굴, 나무꾼들의 싱거운 얼굴, 그새 보고 지금도 대할 수 있는 얼굴은 이런 따위뿐이다. 좀 더 색채 다른 표정은 없느냐.

색채 다른 표정!

'색채 다른 표정!'

이 욕망이 화공의 마음에 익고 커가는 동안 화공의 머리에 솟아오르는 몽롱한 기억이 있다.

지금은 거의 기억에서 사라졌지만 어린 시절에 자기를 품에 안고 눈물 글썽글썽한 눈으로 굽어보던 어머니의 표정이 가끔 한순간씩 그의 기억의 표면까지 뛰어 올랐다.

그의 어머니는 희세의 미녀였다. 대대로, 이후의 자손의 미(美)까지 모두 미리 빼앗았던지 세상에 드문 미인이었다.

화공은 이 미녀의 유복자였다.

아비 없는 자식을 가슴에 붙안고 눈물 머금은 눈으로 굽어보던 표정.

철이 들은 이래로 자기를 보는 얼굴에서는 모두 경악과 공포밖에는 발견하지 못한 화공에게는 40여 년 전의 어머니의 사랑의 아름다운 얼굴이 때때로 몸서리치도록 그리웠다.

그것을 그려보고 싶었다.

커다란 눈에 그득히 담긴 눈물, 그러면서도 동경과 애무로서 빛나던 눈, 입가에 떠오르던 미소.

번개와 같이 순간적으로 심안(心眼)에 나타났다가는 사라지는 이 환영을 화공은 그려보고 싶었다.

세상을 피하고 숨어살기 때문에 차차 삐뚤어진 이 화공의 괴벽한 마음에는 세상을 그리는 정열이 또한 그만치 컸다. 그리고 그것이 크면 크니만치 마음속에는 늘 울분과 불만이 차 있었다.

지금도 세상에서는 한창 계집 사내들이 서로 부둥켜안고 좋다고 야단할 것을 생각하고는 음울한 얼굴로 화필을 뿌리는 화공.

이러한 가운데서 나날이 괴벽하여가는 이 화공은 한 개 미녀상(美女像)을 그려보고자 노심하였다.

*

처음에는 단지 아름다운 표정을 가진 미녀를 그려보고자 하였다.

그러나 미녀를 가까이 본 일이 없는 이 화공이 마음대로 되지 않는 붓끝에 역정을 내며 있는 동안 차차 어느덧 미녀상에 대한 관념이 달라졌다.

자기의 아내로서의 미녀상을 그려보고 싶어졌다.

세상은 자기에게 아내를 주지 않는다.

보면 한 마리의 곤충, 한 마리의 날짐승도 각기 짝을 찾아 즐기고, 짝을 찾아 좋아하거늘 만물의 영장인 사람이 짝 없이 오십년을 보냈다 하는 데 대한 불만이 일어났다.

세상 놈들은 자기에게 한 짝을 주지 않고 세상 계집들은 자기에게 오려는 자가 없이 홀몸으로 일생을 보내다가 언제 죽는지도 모르게 이 산골에서 죽어버릴 생각을 하면 한심하기 보다는 도리어 이렇듯 박정한 사람의 세상이 미웠다.

세상이 주지 않는 아내를 자기는 자기의 붓끝으로 만들어서 세상을 비웃어 주리라.

이 세상에 존재한 가장 아름다운 계집보다 더 아름다운 계집을 자기의 붓끝으로 그려서 못나고도 아름다운 체하는 세상 계집들을 웃어 주리라.

덜난 계집을 아내로 맞아가지고 천하의 절색이라 믿고 있는 사내놈들도 깔보아 주리라.

4, 5명의 처첩을 거느리고 좋다구나고 춤추는 어느 놈들도 굽어보아 주리라.

미녀! 미녀!

—눈을 감고 생각하고 눈을 뜨고 생각하고 머리를 움켜쥐고 생각해보나 미녀의 얼굴이 어떤 것인지 알 수가 없었다.

무론 얼굴에 철요(凸凹)가 없고 이목구비가 제대로 놓였으면 세상 보통의 미인이라 한다. 그런 얼굴에 연지나 그리고 논에 미소나 그리려면 더 아름다워지기는 할 것이다. 이만 것은 상상의 눈으로도 볼 수가 있는 자며 붓끝으로 그릴 수도 없는 바가 아니다.

그러나 가야만 어린 시절의 어머니의 얼굴을

순영적(瞬影的)으로나마 기억하는 이 화공으로서
는 그런 미녀로는 만족할 수가 없었다.

오뇌의 불만 중에서 흐르는 세월은 1년 또 1
년, 무위(無爲, 아무것도 하는 일이 없음)하게
흘러간다.

*

미녀의 아랫동아리는 그려진 지 벌써 수년. 그
아랫동이 위에 올려놓은 얼굴을 어떻게 하여야
할지 짐작도 가지 않았다.

화공의 오막살이 방안에 들어서면 맞은편에
걸려 있는 한 폭 그림은 언제든 어서 목과 얼
굴을 그려주기를 기다리듯이 화공을 힐책한다.

화공은 이것을 보기기 기북하였다.

특별한 일이라도 있기 전에는 낮에 거리에 다
니지를 않던 이 화공이 흔히 얼굴을 싸매고 장

안을 돌아다녔다.

　행여나 길에서라도 미녀를 만날까 하는 요행 심으로였다. 길에서 순간적으로 마음에 드는 미녀를 볼 수만 있으면 머리에 똑똑히 캐치하여 그 기억으로써 화상을 그릴까 하는 요행 심으로…… 그러나 내외법이 심한 이 도회에서 대낮에 양가의 부녀가 얼굴을 내놓고 길을 다니지는 않았다. 계집이라는 것은 하인배나 하류배(수준 따위가 낮은 부류)뿐이었다.

　하인배·하류배에도 때때로 미녀라 일컬을 자가 있기는 있었다. 그러나 아무리 산뜻한 미를 갖기는 했다 하나 얼굴에 흐르는 표정이 더럽고 비열하여 캐치(주의를 끌기 위한)할만한 자가 없었다.

　얼굴을 싸매고 거리로 방황하며 혹은 계집들이 많이 모이는 우물가며 저자를 비슬비슬 방황하며 어찌어찌하여 약간 예쁜 듯한 계집이라도 보이면 따라가면서 얼굴을 연구해보곤 했으나 마음에 드는 미녀를 지금껏 얻어내지를 못하였다.

혹은 심규(深閨)에는 마음에 드는 계집이라도 있을까. 심규! 심규! 한 번 심규의 계집들을 모조리 눈앞에 벌여 세우고 얼굴 검사를 하여보았으면…… 초조하고 성가신 가운데서 날을 보내고 날을 맞으면서 미녀를 구하던 화공은 마지막 수단으로 친잠상원(親蠶桑園)에 들어가서 채상(採桑, 뽕을 땀)하는 궁녀의 얼굴을 얻어 보려 하였다. 그러나 불행히도 화공의 모험도 헛길로 돌아가고, 그날은 채상을 하러 오지도 않았다.

그러나 때 바야흐로 누에시절이라 견딤성 있게 기다리노라면 궁녀의 오는 날도 있을 것이다. 미녀— 아내의 얼굴을 그리려는 욕망에 열이 오르고 독이 난 이 화공은 그 이튿날 또 뽕밭에 들어가 숨었다. 숨어 기다리지 않을 수 없었다.

그로부터 한 달, 화공은 나날이 점심을 싸가지고 상원(桑園)으로 갔다. 그러나 저녁때 제 오막살이로 돌아올 때는 언제든지 그의 입에서는 기다란 탄식성이 나왔다.

궁녀를 못 본 바가 아니었다.

마치 여기 숨어 있는 화공에게 선보이려는 듯이 나날이 궁녀들은 번갈아 왔다. 한 떼씩 밀려와서는 옷소매 치맛자락을 펄럭이며 뽕을 따갔다. 한 달 합계 사오십 명의 궁녀를 보았다. 모두 일률로 미녀들이었다. 그리고 길가 우물가에서 허투루 볼 수 있는 미녀들보다 고아한 얼굴임에는 틀림이 없었다.

그러나 그 눈— 화공이 보는 바는 그 눈이었

다.

그 눈에 나타난 애무와 동경이었다. 철철 넘어 흐르는 사랑이었다. 그것이 궁녀에게는 없었다. 말하자면 세상 보통의 미녀였다.

자기에게 계집을 주지 않는 고약한 세상에게 보복하는 의미로 절세의 미녀를 차지하고자 하는 이 화공의 커다란 야심으로서는 그만 따위의 미녀로 만족할 수가 없었다.

오막살이로 돌아올 때마다 그의 입에서 나오는 기다란 한숨, 이런 한숨을 쉬기 한 달—그는 다시 상원에 가지 않았다.

가을 하늘 맑고 푸르른 어떤 날이었다.

마음속에 불만과 동경을 가득히 담은 히 화공은 저녁쌀을 씻으려 소쿠리를 옆에 끼고 시내로 더듬어갔다.

가다가 문득 발을 멈추었다.

우거진 소나무 틈으로 보이는 시냇가 바위 위에 웬 처녀가 앉아 있다. 솔가지 틈으로 내리비치는 얼룩지는 석양을 받고 망연히 앉아서 흐르는 시냇물을 내려다보았다.

웬 처녀일까?

인가에서 꽤 떨어진 이곳, 사람의 동리보다 꽤 높은 이곳, 길도 없는 이곳—아직껏 삼십년간을 때때로 초부나 목동의 방문은 받아본 일이 있지만 다른 사람의 자취를 받아보지 못한 이곳에 웬 처녀일까?

화공도 망연히 서서 바라보았다. 바라볼 동안 가슴에 차차 무거운 긴장을 느꼈다.

한 걸음 두 걸음 화공은 발소리를 감추고 나아갔다. 차차 그 상거가 가까워짐에 따라서 분명하여 가는 처녀의 얼굴.

화공의 얼굴에는 피가 떠올랐다.

세상에 드문 미녀였다. 나이는 열 일여덟, 그 얼굴 생김이 아름답다기보다 얼굴 전면에 나타난 표정이 놀랄 만큼 아름다웠다.

흐르는 시내에 눈을 부었는지, 귀를 기울였는지, 하여간 처녀의 온 주의력은 시내에 모여 있다. 커다랗게 뜨인 눈은 깜박일 줄도 잊은 듯한 황홀한 눈으로 시내를 굽어보고 있다.

남벽(藍碧)의 시냇물에는 용궁이 보이는가? 소나무 그루에 부딪쳐서 튀어나는 바람에 앞머리를 약간 날리면서 처녀가 굽어보고 있는 것은 무엇인가?

처녀의 온 공상과 정열과 환희가 한꺼번에 모인 절묘한 미소를 눈과 입에 띠고 일심불란(一心不亂)21)히 처녀가 굽이보는 것은 무엇인가.

---

21) 일심불란(一心不亂), 한 가지에만 마음을 써서 마음이 흩어지지 아니하게 함.

아아.

화공은 드디어 발견하였다. 그새 십년간을 여항(閭巷)의 길거리에서 혹은 우물가에서 내지는 친잠 상원에서 발견하여보려고 애쓰다가 종내 달하지 못한 놀랄 만한 아름다운 표정을 화공은 뜻 안한 여기서 발견하였다.

화공은 걸음을 빨리 하였다. 자기의 얼굴이 얼마나 더럽게 생겼는지, 이 처녀가 자기를 쳐다보면 얼마나 놀랄지, 이 점을 온전히 잊고 걸음을 빨리하여 처녀의 쪽으로 갔다.

처녀는 화공의 발소리에 머리를 번쩍 들었다. 화공을 바라보았다. 그 무한히 먼 곳을 바라보는 듯한 기묘한 눈을 들어서―

"아아……"

가슴이 무둑하여 무슨 말을 하여야 할지 망설

이며 화공이 반벙어리 같은 소리를 할 때에 처
녀가 먼저 입을 열었다.

"여기가 어디오니까?"

"여기가 어디?"

"여기가 인왕산록 이름도 없는 산이지만 너는
웬 색시냐?"

"네……"

문득 떠오르는 적적한 표정.

"더듬더듬 시내를 따라왔습니다."

화공은 머리를 기울였다. 몸을 움직여보았다.
무한히 먼 곳을 바라보는 듯한 처녀의 눈은 그
냥 움직임 없이 커다랗게 뜨여 있기는 하지만
어디를 보는지 무엇을 보는지 알 수가 없다. 드
디어 화공은 부르짖었다!

"너 앞이 보이느냐?"

"소경이올시다."

소경이었다. 눈물 머금은 소리로 하는 대답을 듣고 화공은 좀 더 가까이 갔다.

"앞도 못 보면서 어떻게 무엇 하러 예까지 왔느냐?"

처녀는 머리를 푹 수그렸다. 무슨 대답을 하는 듯 하였으나 화공은 알아듣지 못하였다. 그러나 화공으로 하여금 호기심을 잃게 한 것은 처녀의 얼굴이 아까와 같은 놀라운 매력 있는 표정이 없어진 것이었다.

그만하면 보기 드문 미인임에는 틀림이 없다. 그러나 아까 화공이 그렇듯 놀란 것은 단지 미인인 탓이 아니었다. 그 얼굴에 나타난 놀라운 매력에 끌린 것이었다.

"불쌍도 하지. 저녁도 가까워오는데 어둡기 전에 집으로 나려가거라."

이만큼 하여 화공은 처녀를 포기하려 하였다.

이 말에 처녀가 응하였다.

"어두운 것은 탓하지 않습니다마는 황혼은 매우 아름답지요?"

"그럼 아름답구말구."

"어떻게 아름답습니까?"

"황금빛이 서산에서 줄기줄기 비치는구나. 거기 새빨갛게 물들은 천하— 푸르른 소나무도, 남빛 바위도, 검붉은 나무그루도, 모두 황금빛에 잠겨서……"

"황금빛은 어떤 것이고 새빨간 빛과 붉은빛은 모두 어떤 빛이오니까? 밝은 세상이라지만 밝은 빛과 붉은빛이 어떻게 다릅니까? 이 산 경치가 아름답다는 소문을 듣고 더듬어 왔습니다마는 바람 소리, 돌물소리, 귀로 들리는 소리밖에는 어디가 아름다운지 알 수가 없습니다."

차차 다시 나타나는 미묘한 표정, 커다랗게 뜨

인 눈에 비치는 동경의 물결, 일단 사라졌던 아
름다운 표정은 다시 생기가 비롯하였다.

화공은 드디어 처녀의 맞은편에 가 앉았다.

"이 샘 줄기를 따라 내려가면 바다가 있구, 바
다 속에는 용궁이 있구나. 칠색 비단을 감은 기
둥과 비취를 아로새긴 댓돌이며 황금으로 만든
풍경(風磬), 진주로 꾸민 문설주……"

마주 앉아서 엮어 내리는 이 화공의 이야기
에 각일각 더욱 황홀하여가는 처녀의 눈이었다.
화공은 드디어 이 처녀를 자기의 오막살이로 데
리고 돌아갈 궁리를 하였다.

"내 용궁의 이야기를 들려주마. 너의 집에서
걱정만 안하실 것 같으면……"

화공이 이렇게 꾈 때에 처녀는 그의 커다란
눈을 들어서 유원(幽園)히 하늘을 우러러보면서
자기네 부모는 병신 딸 따위는 없어져도 근심을

안 한다고 쾌히 화공의 뒤를 따랐다.

*

일사천리로 여기까지 밀려오던 여(余)의 공상
은 문득 중단되었다.

이야기를 어떻게 진전시키나?

잡념이 일어난다. 동시에 여의 귀에 들리어오
는 한 절의 유행가.

여는 머리를 들었다. 저편 뒤 어디 잡인들이
온 모양이다. 그 분요(紛擾)가 무의식중에 귀로
들어와서 여의 집중되었던 머리를 헤쳐 놓는다.

귀찮은 가사(歌師)들이여, 저주받을 가사들이
여.

이 저주받을 가사들 때문에 중단된 이야기는
좀처럼 다시 모이지 않았다.

그러나 결말 없는 이야기가 어디 있으랴. 어찌

되었든 결말은 지어야 할 것이 아닌가. 그러면 그 화공은 처녀를 데리고 제 오막살이로 돌아와서 용궁 이야기를 들려주면서 그동안에 처녀의 얼굴을 그대로 그려서 십년 내에 숙망을 성취하였다는 결말로 맺어버릴까?

그러나 이런 싱거운 결말이 어디 있으랴. 결말이 되기는 되었지만 이따위 결말을 짓기 위하여 그런 서두(序頭)는 무의미한 자다.

그러면?

그럼 다르게 결말을 맺어볼까?

화공은 처녀를 제 오막살이로 데리고 돌아왔다. 그리고 처녀에게 용궁 이야기를 들려주었다. 그러나 아까 용궁 이야기를 초벌 들은 처녀는 이번은 그렇듯 큰 감흥도 느끼지 않는 모양으로 그다지 신통한 표정도 보이지 않았다. 화공의 계획은 수포로 돌아갔다. 화공은 그 그림을 영 미완품인 채로 남기지 않을 수 없었다.

역시 마음에 들지 않는 결말이었다.

그럼 또다시—

화공은 처녀를 데리고 돌아왔다. 돌아와서 처녀를 보면 볼수록 탐스러워서 그림은 집어치우고 처녀를 아내로 삼아버렸다. 앞을 못 보는 처녀는 추하게 생긴 화공에게도 아무 불만이 없이 일생을 즐겁게 보냈다. 그림으로나 아내를 얻으려던 화공은 절세의 미녀를 아내로 얻게 되었다……역시 불만이다.

귀찮고 성가시다. 저주받을 유행가사(流行歌師)여!

*

여는 일어났다. 감흥을 잃은 이 자리에 그냥 앉아 있기는 싫었다. 그냥 들리는 유행가……

그것이 안 들리는 곳으로 자리를 옮기자.

굽어보매 저 멀리 소나무 틈으로 한줄기 번득이는 것은 아까의 샘물이다.

그 샘물로, 가장 이 이야기의 원천이 된 그 샘으로 내려가자.

벼랑을 내려가기는 올라가기보다 더 힘들었다. 올라가는 것은 올라가다가 실수하여 떨어지면 과즉 제자리에 내린다. 그러나 내려가다가 발을 실수하면 어디까지 굴러갈지 예측할 길이 없다. 잘못하다가는 '청운동' 어귀까지 굴러갈는지도 모를 일이다. 게다가 올라갈 때에는 도움이 되던 스틱조차 내려갈 때에는 귀찮기 짝이 없다.

반각이나 걸려서 여는 드디어 그 샘가에 도달하였다.

샘가에는 과연 한 개의 바위가, 사람 하나 앉기 좋을 만한 자리가 있다. 이 바위가 화공 쌀

씻던 바위일까. 처녀가 앉아서 공상하던 바위일까? 그 아래를 깊은 남벽(藍碧)으로 알았더니 겨우 한 뼘 미만의 얕은 물로서 바위를 기운없이 똘똘 흐르고 있다.

그러나 이 골짜기는 고요하기 짝이 없었다. 바람소리도 멀리 위에서만 들린다. 그리고 소나무와 바위 둘러싸여서 꽤 음침한 이 골짜기는 옛날 세상을 피한 화공이 줄겨하였음직하다.

자, 그러면 이 골짜기에서 아까 그 이야기의 꼬리를 마저 지을까—

화공은 처녀를 데리고 오막살이로 돌아왔다.

그의 마음은 너무도 긴장되고 또한 기뻐서 저녁도 짓기 싫었다. 들어와 보매 벌써 여러 해를 머리 달리기를 기다리는 족자(簇子)의 여인이 몸집조차 흔연히 화공을 맞는 듯하였다.

"자, 거기 앉아라."

수년간 화공을 힐책하던 머리 없는 그림이 화공의 앞에 펴졌다. 단청도 준비되었다.

터질 듯 울렁거리는 마음으로 폭 앞에 자리를 잡은 화공은 빛이 비치도록 남향하여 처녀를 낮이고 손으로 붓을 적시며 이야기를 꺼냈다.

벌써 황혼, 인제 얼마 남지 않은 오늘 해로써 숙망을 달하려 하는 것이었다. 십 년간을 벼르기만 하면서 착수를 못했기 때문에 저축되었던 화공의 힘은 손으로 모였다.

"그러구……알겠지?"

눈으로는 처녀의 얼굴을 보며, 입으로는 용굴 이야기를 하며 손은 번개같이 붓을 들었다.

"용궁에는 여의주라는 구슬이 있구나. 이 여의주라는 구슬은 마음에 있는 바에 도달할 수 있는 보물로서 구슬을 네 눈 위에 한 번 굴리면 너도 광명한 일월을 보게 된다."

"네? 구슬이 있습니까?"

"있구말구, 네가 내 말을 잘 듣고 있기만 하면 수일 내로 너를 데리고 용궁에 가서 여의주를 빌어서 네 눈도 고쳐주마."

"그러면 저도 광명한 일월을 볼 수가 있겠습니까?"

"그럼, 광명한 일월, 무지개라는 칠색이 영롱한 기묘한 것, 아름다운 수풀, 유수한 골짜기, 무엇인들 못 보랴."

"아이구, 어서 그 여의주를 구해서……"

아아, 놀라운 아름다운 표정이었다. 화공은 처녀의 얼굴에 나타나 넘치는 이 놀라운 표정을 하나도 잃지 않고 화폭 위에 옮겼다.

황혼은 어느덧 밤으로 변하였다. 이때는 여인에게는 단지 눈동자가 그려지지 않았을 뿐 그밖의 것은 죄 완성이 되었다.

동자까지 그리고 싶었다. 그러나 이 그림의 생명을 좌우할 눈동자를 그리기에는 날은 너무도 어두웠다.

눈동자 하나쯤이야 밝는 날로 남겨둔들 어떠랴. 하여간 십년 숙망을 겨우 달한 화공의 심사는 무엇에 비기지 못하도록 기뻤다.

"아─아!"

이 탄성은 오래 벼르던 일이 끝난 때에 나는 기쁨의 소리였다.

이 일단의 안심과 함께 화공의 마음에는 또 다른 긴장과 정열이 솟아올랐다.

꽤 어두운 가운데서 처녀의 얼굴을 유심히 보기 위하여 화공이 잡은 자리는 처녀의 무릎과 서로 닿을 만큼 가까웠다. 그림에 대한 일단의 안심과 함께 화공의 코로 몰려들어오는 강렬한 처녀의 체취와 전신으로 느끼는 처녀의 접근 때문에 화공의 신경은 거의 마비될 듯싶었다. 차차 각일 각 몸까지 떨리기 시작하였다. 어두움 가운데서 황홀스럽게 빛나는 커다란 눈과 정열로 들먹거리는 입술은 화공의 정신까지 혼미하게 하였다.

밝는 날 화공과 소경 처녀의 두 사람은 벌써 남이 아니었다.

'오늘은 동자를 완성시키리라.' 삼십 년의 독신생활을 벗어버린 화공은 삼십 년간을 혼자 먹던 조반을 소경 처녀와 같이 먹고 다시 그림 폭 앞에 앉았다.

"용궁은?"

기쁨으로 빛나는 처녀의 눈!

그러나 화공의 심미안에 비친 그 눈은 어제의 눈이 아니었다.

아름답기는 다시없는 아름다운 눈이었다. 그러

나 그 눈은 사내의 사랑을 구하는 '여인의 눈'
이었다.

병신이라 수모 받던 전생을 벗어버리고 어젯
밤 처음으로 인생이 봄을 맛본 처녀는 인제는
한 개의 지어미의 눈이요, 한 개의 애욕의 눈이
었다.

"용궁은?"

"용궁에 어서 가서 여의주를 얻어서 제 눈을
띄어주세요. 밝은 천지도 천지려니와 당신이 어
서 눈뜨고 보고 싶어!"

어젯밤 잠자리에서 지기는 스물 네 살 난 풍
신 좋은 사내라고 자랑한 화공의 말을 그대로
믿는 소경이었다.

"응, 얻어주지. 그 칠색이 영롱한!"

"그 칠색도 보고 싶어요."

"그래그래, 좌우간 지금 머리로 생각해보란 말

이야."

"네, 참 어서 보고 싶어서."

굽어보면 무릎 앞의 그림은 어서 한 점 동자를 찍어주기를 기다리고 있다.

그러나 소경의 눈에 나타난 것은 아름답기는 아름다우나 그것은 애욕의 표정에 지나지 못하였다. 그런 눈을 그리려고 십년을 고심한 것이 아니었다.

"자, 용궁을 생각해봐!"

"생각이나 하면 뭘 합니까? 어서 이 눈으로 보아야지."

"생각이라도 해보란 말이야."

"짐작이 가야 생각도 하지요."

"어제 생각하던 대로 생각을 해봐!"

"네……"

화공은 드디어 역정을 내었다.

"자, 용궁! 용궁!"

"네……"

"용궁을 생각해봐! 그래 용궁이 어때?"

"칠색이 영롱하구요……"

"그래, 또……"

"또, 황금기둥, 아니 비단으로 싼 기둥이 있구요, 또 푸른 진주가……"

"푸른 진주가 아냐! 푸른 비취지."

"비취 추녀던가, 문이던가—?"

"에익! 바보!"

화공은 커다란 양손으로 칵 소경의 어깨를 잡았다. 잡고 흔들었다.

"자, 다시 곰곰이, 용궁은."

"용궁은 바닷속에……"

겁에 띄어서 어릿거리는 소경의 양에 화공은 소경의 따귀를 갈기지 않을 수 없었다.

"바보!"

이런 바보가 어디 있으랴. 보매 그 병신 눈은 깜박일 줄도 모르고 허공을 바라보고 있다. 그 천치 같은 눈을 보매 화공의 노염은 더욱 커졌다. 화공은 양손으로 소경의 멱을 잡았다.

"에이 바보야, 천치야, 병신아!"

생각나는 저주의 말을 연하여 퍼부으면서 소경의 멱을 잡고 흔들었다. 그리고 병신다이 멀겋게 뜨인 눈자위에 원망의 빛이 나타나는 것을 보고 더욱 힘 있게 흔들었다.

흔들다가 화공은 탁 그 손을 놓았다. 소경의 몸이 너무도 무거워졌으므로, 화공의 손에서 놓인 소경의 몸은 눈을 뒤 솟은 채 번뜻 나가넘어졌다. 넘어지는 서슬에 벼루가 전복되었다. 뒤집혀진 벼루에서 튀어난 먹물방울이 소경 얼굴에 덮였다.

깜짝 놀라서 흔들어보매 소경은 벌써 이 세상의 사람이 아니었다.

소경은 어찌할 줄을 몰랐다. 망지소조(芒知所措)[22]하여 허둥거리던 화공은 눈을 뜻 없이 자기의 그림 위에 던지다가 악 소리를 내며 자빠졌다.

그 그림의 얼굴에는 어느덧 동자가 찍히었다. 자빠졌던 화공이 좀 정신을 가다듬어가지고 몸을 일으켜서 다시 그림을 보매 두 눈에는 완연히 동자가 그려진 것이다.

그 동자의 모양이 또한 화공으로 하여금 다시 털썩 엉덩이를 붙이게 하였다. 아까 소경 처녀가 화공에게 멱을 잡혔을 때에 그의 얼굴에 나타났던 원망의 눈—그림의 동자는 완연히 그것이었다.

---

22) 망지소조(罔知所措), 너무 당황하거나 급하여 어찌할 줄을 모르고 갈팡질팡함.

소경이 넘어지는 서슬에 벼루를 엎는다는 것은 기이할 것도 없고 벼루가 엎어질 때에 먹방울이 튄다는 것도 기이하달 수 없지만 그 먹방울이 어떻게 홍채에 이르기까지 어찌도 그렇듯 기묘하게 되었을까?

한편에는 송장, 한편에는 송장의 화상을 놓고 망연히 앉아 있는 화공의 몸은 스스로 멈출 수 없이 와들와들 떨렸다.

수일 후부터 한양 성내에는 괴상한 화상을 들고 음울한 얼굴로 돌아다니는 늙은 광인(狂人) 하나가 생겼다.

그의 내력을 아는 사람이 없었고 그의 근본을 아는 사람이 없었다. 그 괴상한 화상을 너무도 수중히 여기므로 사람들이 보고자 하면 그는 기를 써서 보이지 않고 도망하여버리곤 한다.

이렇게 수년간을 방황하다가 어떤 눈보라치는

날 돌베개를 베고 그의 일생을 마감하였다. 죽을 때도 그는 족자를 깊이 품에 품고 죽었다.

늙은 화공이여! 그대의 쓸쓸한 일생을 여는 조상하노라.

*

여(余)는 지팡이로써 물을 두어 번 저어보고 고즈넉이23) 몸을 일으켰다.

우러러보매 여름의 석양은 벌써 백악 위에서 춤추고 이 천고의 계곡을 산새가 남북으로 건넌다.

---

23) 고즈넉이, 고요하고 아늑한 상태로. 말없이 다소곳하거나 잠잠하게.

■ 배따라기

1

좋은 일기이다.

좋은 일기라도, 하늘에 구름 한 점 없는……
우리 '사람'으로서는 감히 접근 못할 위엄을 가
지고, 높이서 우리 조그만 '사람'을 비웃는 듯이
내려다보는, 그런 교만한 하늘은 아니고, 가장
우리 '사람'의 이해자인 듯이 낮추 뭉글뭉글 엉
기는 분홍빛 구름으로서 우리와 서로 손목을 잡
자는 그런 하늘이다. 사랑의 하늘이다.

나는 잠시도 멎지 않고, 푸른 물을 황해로 부

어내리는 대동강을 향한, 모란봉 기슭 새파랗게 돋아나는 풀 위에 뒹굴고 있었다.

이날은 삼월 삼질, 대동강에 첫 뱃놀이하는 날이다. 까맣게 내려다보이는 물 위에는, 결결이 반짝이는 물결을 푸른 놀잇배들이 타고 넘으며 거기서는 봄 향기에 취한 형형색색의 선율이 우단보다도 부드러운 봄 공기를 흔들면서 날아온다.

그리고 거기서 기생들의 노래와 함께 날아오는 조선 아악(雅樂)[24]은 느리게, 길게, 유장하게, 부드럽게, 그리고 또 애처롭게, 모든 봄의 정다움과 끝까지 조화하지 않고는 안두겠다는 듯이 대동강에 흐르는 시꺼먼 봄 물, 청류 벽에 돋아나는 푸르른 푸러음, 심지어 사람의 가슴속

_____

24) 아악(雅樂), 삼부악의 하나. 예전에 우리나라에서 의식 따위에 정식으로 쓰던 음악으로, 고려 예종 때 중국 송나라에서 들여왔던 것을 조선 세종이 박연에게 명하여 새로 완성시켰다.

에 봄에 뛰노는 불붙는 핏줄기까지라도, 습기 많은 봄 공기를 다리 놓고 떨리지 않고는 두지 않는다.

봄이다. 봄이 왔다.

부드럽게 부는 조그만 바람이, 시꺼먼 조선 솔을 꿰며, 또는 돋아나는 풀을 스치고 지나갈 때의 그 음악은 다른 데서는 듣지 못할 아름다운 음악이다.

아아, 사람을 취케 하는 푸르른 봄의 아름다움이여! 열다섯 살부터의 동경(東京, 일본 도쿄) 생활에 마음껏 이런 봄을 보지 못하였던 나는, 늘 이것을 보는 사람보다 곱 이상의 감명을 여기서 받지 않을 수 없다.

평양성 내에는, 겨우 툭툭 터진 땅을 헤치면 파릇파릇 돋아나는 나무새기와 돋아나려는 버들의 어음으로 봄이 온 줄 알 뿐, 아직 완전히 봄이 안 이르렀지만, 이 모란봉 일대와 대동강을 넘어 보이는 가나안 옥토를 연상시키는 장림(長林)에는 마음껏 봄의 정다움이 이르렀다.

그리고 또 꽤 자란 밀 보리들로 새파랗게 장식한 장림의 그 푸른 빛. 만족한 웃음을 띠고 그 벌에 서서 내다보는 농부의 모양은, 보지 않아도 생각할 수가 있다.

구름은 자꾸 하늘을 날아다니는 모양이다. 그 밀 위에 비치었던 구름의 그림자는 그 구름과 함께 저편으로 물러가며 거기는 세계를 아까 만들어놓은 것 같은 새로운 옥빛이 퍼져나간다. 바람이나 조금 부는 때는 그 잘 자란 밀들은 물결같이 누웠다 일어났다, 일록 일청으로 춤을 춘다. 그리고 봄의 한가함을 찬송하는 솔개들은, 높은 하늘에서 동그라미를 그리면서 더욱 더 아름다운 봄에 향기로운 정취를 더한다.

"다스한 봄 정에 솟아나리다. 다스한 봄 정에 솟아나리다."

나는 두어 번 소리 나게 읊은 뒤에 담배를 붙여 물었다. 담뱃내는 무럭무럭 하늘로 올라간다. 하늘에도 봄이 왔다.

하늘은 낮았다. 모란봉 꼭대기에 올라가면 넉넉히 만질 수가 있으리만큼 하늘은 낮다. 그리고 그 낮은 하늘보다는 오히려 더 높이 있는 듯한 분홍빛 구름은, 뭉글뭉글 엉기면서 이리저리 날아다닌다.

나는 이러한 아름다운 봄 경치에 이렇게 마음껏 봄의 속삭임을 들을 때는, 언제든 유토피아를 아니 생각할 수 없다. 우리가 시시각각으로 애를 쓰며 수고하는 것은…… 그 목적은 무엇인가? 역시 유토피아 건설에 있지 않을까? 유토피아를 생각할 때는 언제든 그 '위대한 인격의 소유자'며 '사람의 위대함을 끝까지 즐긴' 진나라 시황(秦始皇)을 생각지 않을 수 없다.

우리가 어찌하면 죽지를 아니할까 하여, 소년 삼백을 배를 태워 불사약을 구하러 떠나보내며, 예술의 사치를 다하여 아방궁을 지으며 매일 신하 몇 천 명과 잔치로써 즐기며, 이리하여 여기 한 유토피아를 세우려던 시황은, 몇 만의 역사가가 어떻다고 욕을 하든, 그는 정말로 인생의 향락자이며 역사 이후의 제일 큰 위인이라고 할 수가 있다. 그만한 순전한 용기 있는 사람이 있고야 우리 인류의 역사는 끝이 날지라도 한 '사람'을 가졌었다고 할 수 있다.

"큰사람이었었다."

하면서 나는 머리를 들었다.

이때다. 기자묘 근처에서 무슨 슬픈 음률이, 봄 공기를 진동시키며 날아오는 것이 들렸다.

나는 무심코 귀를 기울였다.

'영유 배따라기'다. 그것도 웬만한 광대나 기생은 발꿈치에도 미치지 못하리만큼…… 그만큼 그 배따라기의 주인은 잘 부르는 사람이었다.

비나이다, 비나이다.

산천후토 일월성신 하나님전 비나이다.

실낱같은 우리목숨 살려 달라 비나이다.

에에야, 어그여지야.

여기까지 이르렀을 때에 저편 아래 물에서 장구 소리와 함께 기생의 노래가 울리어오며 배따라기는 그만 안 들리게 되었다. 나는 이년 전 한여름을 영유서 지내본 일이 있다. 배따라기의 본고장인 영유를 몇 달 있어본 사람은 그 배따라기에 대하여 언제든 한 속절없는 애처로움을 깨달을 것이다.

영유, 이름은 모르지만 산에 올라가서 내려다

보면 앞은 망망한 황해이니, 그곳 저녁때의 경치는 한번 본 사람은 영구히 잊을 수가 없으리라. 불덩이 같은 커다란 시뻘건 해가, 남실남실 넘치는 바다에 도로 빠질 듯, 도로 솟아오를 듯 춤을 추며, 거기서 때때로 보이지 않는 배에서 배따라기만 슬프게 날아오는 것을 들을 때엔 눈물 많은 나는 때때로 눈물을 흘렸다. 이로 보아서, 어떤 원의 아내가 자기의 모든 영화를 낡은 신같이 내어 던지고 뱃사람과 정처 없는 물길을 떠났다 함도 믿지 못할 말이랄 수가 없다.

영유서 돌아온 뒤에도 그 배따라기는 내 마음에 깊이 새기어져 잊을 수가 없었고 언제 한번 다시 영유를 가서 그 노래를 한 번 더 들어보고 그 경치를 다시 한번 보고 싶은 생각이 늘 떠나지를 않았다.

장고소리와 기생의 노래는 멎고 배따라기만

구슬프게 날아온다. 결결이 부는 바람으로 말미
암아 때때로는 들을 수가 없으되, 나의 기억과
곡조를 종합하여 들은 배따라기는 이 대목이다.

강변에 나왔다가

나를 보더니만,

혼비백산하여

꿈인지 생시인지

와르륵 달려들어

섬섬옥수로 부처잡고,

호천망극 하는 말이

'하늘로서 떨어지며

땅으로서 솟아났나.

바람결에 묻어오고

구름길에 싸여왔나

이리 서로 붙들고 울음 울 제

인리 제인이며

일가친척이 모두 모여

　여기까지 들은 나는 마침내 참지 못하고 벌떡
일어서서 소나무가지에 걸었던 모자를 내려쓰
고, 그곳을 찾으러 모란봉 꼭대기에 올라섰다.
꼭대기는 좀 더 노래 소리가 잘 들린다. 그는
배따라기의 맨 마지막, 여기를 부른다.

밥을 빌어서

죽을 쑬지라도

제발덕분에

뱃놈 노릇은 하지 말아

에에야 어그여지야

2

　그의 소리로써 방향을 찾으려던 나는, ㄱ만 그
자리에 섰다.

　"어딘가? 기자묘? 혹은 을밀대?"

그러나 나는 오래 서 있을 수가 없었다. 어떻든 찾아보자 하고, 현무문으로 가서 문 밖에 썩 나섰다. 기자묘의 깊은 솔밭은 눈앞에 쫙 퍼진다.

"어딘가?"

나는 또 물어보았다.

이때에 그는 또다시 배따라기를 시초부터 부른다. 그 소리는 왼편에서 온다.

왼편이구나 하면서, 소리 나는 곳을 더듬어서 소나무 틈으로 한참 돌다가, 겨우 기자묘 치고는 그중 하늘이 넓고 밝은 곳에, 혼자서 뒹굴고 있는 그를 찾아내었다. 나의 생각한 바와 같은 얼굴이다. 얼굴, 코, 입, 눈, 몸집이 모두 네모나고…… 그의 이마의 굵은 주름살과 시꺼먼 눈썹은, 고생 많이 함과 순진한 성격을 나타낸다.

그는 어떤 신사가 자기를 들여다보는 것을 보

고, 노래를 그치고 일어나 앉는다.

"왜? 그냥 하지요."

하면서 나는 그의 곁에 가 앉았다.

"머……"

한 뿐 그는 눈을 들어서 터진 하늘을 쳐다본
다.

좋은 눈이었다. 바다의 넓고 큼이, 유감없이
그의 눈에 나타나 있다. 그는 뱃사람이라 나는
짐작하였다.

"고향이 영유요?"

"예, 머, 영유서 나기는 했디만, 한 이십 년
영윤 가보디두 않았이요."

"왜, 20년씩 고향엘 안가요?"

"사람의 일이라니, 마음대로 됩데까?"

그는 왜 그러는지, 한숨을 짓는다.

"거저, 운명이 데일 힘셉디다."

운명의 힘이 제일 세다는 그의 소리는 삭이지
못할 원한과 뉘우침이 섞여 있다.

"그래요?"

나는 다만 그를 건너다볼 뿐이다.

한참 잠잠하니 있다가 나는 다시 말하였다.

"자 노형의 경험담이나 한번 들어봅시다. 감출
일이 아니면 한번 이야기해보소."

"머, 감출 일은……"

"그럼, 어디 들어봅시다 그려."

그는 다시 하늘을 쳐다보았다. 그러나 좀 있다
가,

"하디요."

하면서 내가 담배를 붙이는 것을 보고 자기도
담배를 붙여 물고 이야기를 꺼낸다.

"잊히디두 않는 19년 전 8월 열 하룻날 일인
데요."

하면서 그가 이야기한 바는 대략 이와 같은 것이다.

그의 살던 마을은 영유 고을서 한 이십 리 떠나 있는 바다를 향한 조그만 어촌이다. 그의 살던 조그만 마을(서른 집쯤 되는)에서는 그는 꽤 유명한 사람이었다.

그의 부모는 모두 열댓에 났을 때 돌아갔고, 남은 사람이라고는 곁집에 딴살림하는 그의 아우 부처와 그 자기 부처뿐이었다. 그들 형제가 그 마을에서 제일 부자이고 또 제일 고기잡이를 잘하였고, 그중 글이 있었고 배따라기도 그 마을에서 빼나게 그 형제가 잘 불렀다. 말하자면 그 형제가 그 동네의 대표적 사람이었다.

팔월 보름은 추석명절이다. 팔월 열 하룻날 그는 명절에 쓸 장도 볼 겸, 그의 아내가 늘 부러워하는 거울도 하나 사올 겸, 장으로 향하였다.

"당손네 집에 있는 것보다 큰 것이요. 잊지 말
구요."

그의 아내는 길까지 따라 나오면서 잊지 않도
록 부탁하였다.

"안 잊어."

하면서 그는 떠오르는 새빨간 햇빛을 앞으로
받으면서 자기 마을을 나섰다.

그는 아내를(이렇게 말하기는 우습지만) 고와
했다. 그의 아내는 촌에서는 드물도록 연연하고
도 예쁘게 생겼다(그는 나에게 이렇게 말하였
다).

"성내(평양) 덴줏골(갈보촌)을 가두 그만한 거
쉽디 않갔이요."

그러니까 촌에서 그리고 그 당시에는 남에게
우습게 보이도록 그 내외의 사이는 좋았다. 늙
은이들은 계집에게 혹하지 말라고 흔히 그에게

권고하였다.

부처의 사이는 좋았지만…… 아니, 오히려 좋으므로 그는 아내에게 샘을 많이 하였다. 그리고 그의 아내는 시기를 받을 일을 많이 하였다. 품행이 나쁘다는 것이 아니라, 그의 아내는 대단히 천진스럽고 쾌활한 성질로서 아무에게나 말 잘하고 애교를 잘 부렸다.

3

그 동네에서는 무슨 명절이나 되면, 집이 그중 정결함을 핑계 삼아 젊은이들은 모두 그의 집에 모이고 하였다. 그 젊은이들은 모두 그의 아내에게 '아즈마니'라 부르고, 그의 아내는 아내라 '아즈바니, 아즈바니' 하며 그들과 지껄이고 즐기며 그 웃기 잘하는 입에는 늘 웃음을 흘리고 있었다.

그럴 때마다 그는 한편 구석에서 눈만 할근거리며 있다가 젊은이들이 돌아간 뒤에는 불문곡직하고 아내에게 덤비어들어, 발길로 차고 때리며, 이전에 사다주었던 것을 모두 걷어 올린다. 싸움을 할 때에는 언제든 곁집에 있는 아우 부처가 말리러 오며, 그렇게 되면 언제든 그는 아우 부처까지 때려주었다.

그가 아우에게 그렇게 구는 데는 이유가 있었다. 그의 아우는 시골 사람에게는 쉽지 않도록 늠름한 위엄이 있었고, 매일 바닷바람을 쏘였지만 얼굴이 희었다. 이것 뿐으로도 시기가 된다 하면 되지만, 특별히 아내가 그의 아우에게 친절히 하는데, 그는 속이 끓어 못 견디었다.

그가 영유를 떠나기 반년 전쯤 ? 다시 말하자면 그가 거울을 사러 장에 갈 때부터 반년 전쯤 그의 생일날이었다. 그의 집에서는 음식을 차려서 잘 먹었는데, 그에게는 괴상한 버릇이 있었으니, 맛있는 음식은 남겨두었다가 좀 있다 먹고 하는 것이 습관이었다.

그의 아내도 이 버릇은 잘 알 터인데 그의 아우가 점심때쯤 오니까, 아까 그가 아껴서 남겨두었던 그 음식을 아우에게 주려 하였다. 그는 눈을 부릅뜨고 '못 주리라'고 암호 하였지만 아내는 그것을 보았는지 못 보았는지 그의 아우에게 주어버렸다. 그는 마음속이 자못 편치 못하였다. 트집만 있으면 이년을……. 그는 마음먹었다.

그의 아내는 시아우에게 상을 준 뒤에 물러오다가 그만 그의 발을 조금 밟았다.

"이년!"

그는 힘껏 발을 들어서 아내를 냅다 찼다. 그의 아내는 상 위에 꺼꾸러졌다가 일어난다.

"이년, 사나이 발을 짓밟는 년이 어디 있어!"

"거 좀 밟아서 발이 부러텟쉐까?"

아내는 낯이 새빨개져서 울음 섞인 소리로 고함친다.

"이년! 말대답이…"

그는 일어서서 아내의 머리채를 휘어잡았다.

"형님! 왜 이리십니까?"

아우가 일어서면서 그를 붙잡았다.

"가만있어라, 이놈의 자식."

하며, 그는 아우를 밀친 뒤에 아내를 되는대로 내리찧었다.

"죽일 년, 이년! 나가거라!"

"죽여라, 죽여라! 난, 죽어도 이 집에선 못 나가!"

"못 나가?"

"못 나가디 않구. 뉘 집이게…"

이때다. 그의 마음에는 그 '못 나가겠다.'는 아내의 마음이 폭 들이박혔다. 그 이상 때리기가 싫었다. 우두커니 눈만 흘기고 있다가 그는,

"망할 년, 그럼 내가 나갈라."

하고 그만 문 밖으로 뛰어나와서,

"형님, 어디 갑니까?"

하는 아우의 말에는 대답도 안하고, 곁 동네 탁주 집으로 뒤도 안 돌아보고 가서, 거기 있는 술파는 계집과 술상 앞에 마주앉았다.

그날 저녁, 얼근히 취한 그는 아내를 위하여 떡을 한 돈어치 사 가지고 집으로 돌아왔다. 이리하여 또 서너 달은 평화가 이르렀다. 그러나 이 평화가 언제까지든 계속될 수가 없었다. 그의 아우로 말미암아 또 평화는 쪼개져나갔다.

오월 초승부터 영유 고을 출입이 잦던 그의 아우는 오월 그믐께부터는 고을서 며칠씩 묵어

오는 일이 많았다. 함께, 고을에 첩을 얻어두었다는 소문이 퍼졌다. 이 소문이 있은 뒤는 아내는 그의 아우가 고을 들어가는 것을 벌레보다도 더 싫어하고, 며칠 묵어서 오는 때면 곧 아우의 집으로 가서 그와 담판을 하며 심지어 동서 되는 아우의 처에까지 못 가게 하지 않는다고 싸우는 일이 있었다.

칠월 초승께 그의 아우는 고을에 들어가서 열흘쯤 묵어온 일이 있었다. 이때도 전과 같이 그의 아내는 그의 아우며 계수와 싸우다 못하여, 마침내 그에게까지 와서 아우가 그런 못된 데를 다니는 것을 그냥 둔다고, 해보자 한다. 그 꼴을 곱게 보지 않았던 그는 첫마디로 고함을 쳤다.

"네게 상관이 무에가? 듣기 싫다."

"못난 둥이. 아우가 그런 델 댕기는 걸 말리디

두 못하고!"

분김에 이렇게 그의 아내는 고함쳤다.

"이년, 무얼?"

그는 벌떡 일어섰다.

"못난 둥이!"

그 말이 채 끝나기 전에 그의 아내는 악 소리와 함께 그 자리에 꺼꾸러졌다.

"이년! 사나이에게 그따위 말버릇 어디서 배완!"

"에미네 때리는 건 어디서 배왔노? 못 난둥이!"

그의 아내는 울음소리로 부르짖었다.

"상년 그냥? 나갈! 우리 집에 있디 말구 나갈!"

그는 내리찧으면서 부르짖었다. 그리고 아내를 문을 열고 밀쳤다.

"나가디 않으리."

하고 그의 아내는 울면서 뛰어나갔다.

"망한 년!"

토하는 듯이 중얼거리고 그는 그 자리에 주저앉았다.

그의 아내는 해가 져서 어두워져도 돌아오지 않았다. 일단 내어 쫓기는 하였지만, 그는 아내의 돌아옴을 기다리고 있었다. 어두워져서도 그는 불도 안 켜고, 성이 나서 우들우들 떨면서 아내의 돌아오기를 기다렸다. 그러나 그의 아내의 참 기쁜 듯이 웃는 소리가 그의 아우의 집에서 밤새도록 울리었다. 그는 움쩍도 안하고 그 자리에 앉아서 밤을 새운 뒤에, 새벽 동터올 때 아내와 아우를 죽이려고 부엌에 가서 식칼을 가지고 들어와서 문을 벌컥 열었다.

그의 아내로서 만약 근심스러운 얼굴을 하고

그 문 밖에 우두커니 서서 문을 들여다보고 있
지 않았다면, 그는 아내와 아우를 죽이고야 말
았으리라.

4

그는 아내를 보는 순간, 마음에 가득 차는 사
랑을 깨달으면서, 칼을 내던지고 뛰어나가서 아
내의 머리채를 휘어잡고 이년 하면서 들어와서
뺨을 물어뜯으면서 함께 이리저리 자빠져서 뒹
굴었다.

그런 이야기는 다 하려면 끝이 없으되 다만
'그', '그의 아내', '그의 아우' 세 사람의 삼각
관계는 대략 이와 같았다…….

거울은 마침 장에 마음에 맞는 것이 있었다.
지금 것과 대보면, 어떤 때는 코도 크게 보이고
입이 작게도 보이는 것이지만, 그 당시에는 그

리고 그런 촌에서는 둘도 없는 귀물이었다. 거울을 사 가지고 장을 본 뒤에 그는 이 거울을 아내에게 주면 그 기뻐할 모양을 생각하며, 새빨간 저녁 햇빛을 받는, 넘치는 듯한 바다를 안고 자기 집으로, 늘 들러오던 탁주 집에도 안 들러서 돌아왔다.

그러나 그가 그의 집 방안에 들어설 때에는, 뜻도 안 하였던 광경이 그의 눈에 벌어져 있었다.

방 가운데는 떡 상이 있고, 그의 아우는 수건이 벗어져서 목 뒤로 늘어지고, 저고리 고름이 모두 풀어져 가지고 한편 모퉁이에 서 있고, 아내도 머리채가 모두 뒤로 늘어지고, 치마가 배꼽 아래로 늘어지도록 되어 있으며, 그의 아내와 아우는 그를 보고, 어찌할 줄을 모르는 듯이, 꿈쩍도 안하고 서 있었다.

세 사람은 한참 동안 어이가 없어서 서 있었
다. 그러나 좀 있다가 마침내 그의 아우가 겨우
말했다.

"그놈의 쥐 어디 갔니?"

"흥! 쥐? 훌륭한 쥐 잡댔구나!"

그는 말을 끝내지도 않고, 짐을 벗어던지고,
뛰어가서 아우의 멱살을 끌어 잡았다.

"형님! 정말 쥐가…"

"쥐? 이놈! 형수하고 그런 쥐 잡는 놈이 어디
있니?"

그는 아우를 따귀를 몇 대 때린 뒤에 등을 밀
어서 문 밖에 내어던졌다. 그런 뒤에 이제 자기
에게 이를 매를 생각하고, 우들우들 떨면서 아
랫목에 서 있는 아내에게 달려들었다.

"이년! 시아우와 그런 쥐 잡는 년이 어디 있
어?"

그는 아내를 꺼꾸러뜨리고 함부로 내리찧었다.

"정말 쥐가… 아이 죽겠다."

"이년! 너두 쥐? 죽어라!"

그의 팔다리는 함부로 아내의 몸에 오르내렸다.

"아이 죽갔다. 정말 아까 적으니(시아우) 왔기에 떡 자시라구 내놓았더니…"

"듣기 싫다! 시아우 붙은 년이, 무슨 잔소릴……"

"아이, 아이, 정말이야요. 쥐가 한 마리 나……"

"그냥 쥐?"

"쥐 잡을래다가…"

"샹년! 죽어라! 물에래두 빠데 죽얼!"

그는 실컷 때린 뒤에, 아내도 아우처럼 등을 밀어 쫓았다. 그 뒤에 그의 등으로,

"고기 배때기에 장사해라!"

토하였다.

분풀이는 실컷 하였지만, 그래도 마음속이 자 못 편치 못하였다. 그는 아랫목으로 가서, 바람 벽을 의지하고 실신한 사람같이 우두커니 서서 떡 상만 들여다보고 있었다.

한 시간…… 두 시간…….

서편으로 바다를 향한 마을이라, 다른 곳보다 는 늦게 어둡지만, 그래도 술시(戌時) 쯤 되어서 는 깜깜하니 어두웠다. 그는 불을 켜려고 바람 벽에서 떠나 성냥을 찾으러 돌아갔다.

성냥은 늘 있던 자리에 있지 않았다. 그래서 여기저기 뒤적이노라니까, 어떤 낡은 옷 뭉치를 들칠 때에 문득 쥐 소리가 나면서 무엇이 후더 덕 튀어나온다. 그리하여 저편으로 기어서 도망 한다.

"역시 쥐댔구나!"

그는 조그만 소리로 부르짖었다. 그리고 그만 그 자리에 맥없이 더럭 주저앉았다.

아까 그가 보지 못한 때의 광경이, 활동사진과 같이 그의 머리에 지나갔다.

아우가 집에를 온다. 아우에게 친절한 아내는 떡을 먹으라고 아우에게 떡 상을 내놓는다. 그때에 어디선가 쥐가 한 마리 뛰어나온다. 둘(아우와 아내)이서는 쥐를 잡느라고 돌아간다. 한참 성화시키던 쥐는 어느 구석에 숨어버린다. 그들은 쥐를 찾느라고 두룩거린다. 그럴 때에 그가 집에 들어선 것이다.

"상년. 좀 있으믄 안 들어오리……"

그는 억지로 마음먹고 그 자리에 드러누웠다.

그러나 아내는 밤이 가고 날이 밝기는커녕, 해가 중천에 올라도 돌아오지를 않았다. 그는 차차 걱정이 나서 찾아보러 나섰다.

아우의 집에도 없었다. 동네를 모두 찾아보아도 본 사람도 없다 한다.

그리하여, 낮쯤 한 삼사 리 내려가서 바닷가에서 겨우 아내를 찾기는 찾았지만, 그 아내는 이전 같은 생기로 찬 산 아내가 아니요, 몸은 물에 불어서 곱이나 크게 되고, 이전에 늘 웃음을 흘리던 예쁜 입에는 거품을 잔뜩 물은, 죽은 아내였다.

그는 아내를 업고 집으로 돌아오기까지 정신이 없었다.

이튿날 간단하게 장사를 하였다. 뒤에 따라오는 아우의 얼굴에,

"형님, 이게 웬일이오니까?"

하는 듯한 원망이 있었다.

5

장사를 지낸 이튿날부터 아우는 그 조그만 마을에서 없어졌다. 하루 이틀은 심상히 지냈지만, 닷새가 지나도 아우는 돌아오지 않았다. 그래서 알아보니까, 꼭 그의 아우같이 생긴 사람이 5, 6일 전에 멧산자 보따리를 하여 진 뒤에, 시뻘건 저녁 해를 등으로 받고 더벅더벅 동쪽으로 가더라 한다. 그리하여 열흘이 지나고 스무날이 지났지만, 한번 떠난 그의 아우는 돌아올 길이 없고, 혼자 남은 아우의 아내는 매일 한숨으로 세월을 보내게 되었다.

그도 이것을 잠자코 보고 있을 수가 없었다. 그 불행의 모든 죄는 죄 그에게 있었다.

그도 마침내 뱃사람이 되어, 적으나마 아내를 삼킨 바다와 늘 접근하며, 가는 곳마다 아우의 소식을 알아보려고, 어떤 배를 얻어 타고 물길을 나섰다.

그는 가는 곳마다 아우의 이름과 모습을 말하여 물었으나, 아우의 소식은 알 수가 없었다.

이리하여 꿈결같이 십 년을 지내서 구년 전 가을, 탁탁히 낀 안개를 꿰며 연안(延安) 바다를 지나가던 그의 배는, 몹시 부는 바람으로 말미암아 파선을 하여 벗 몇 사람은 죽고, 그는 정신을 잃고 물위에 떠돌고 있었다.

그가 정신을 차린 때는 밤이었다. 그리고 어느덧 그는 뭍 위에 올라와 있었고 그를 말리우느라고 새빨갛게 피워놓은 불빛으로 자기를 간호하는 아우를 보았다.

그는 이상히도 놀라지 않고, 천연하게 물었다.

"너, 엇개(어떻게) 여기 완?"

아우는 잠자코 한참 있다가 겨우 대답하였다.

"형님, 거저 다 운명이원다."

따뜻한 불기운에 깜빡 잠이 들려다가 그는 화닥닥 깨면서 또 말했다.

"10년 동안에 되게 파랬구나."

"형님, 나두 변했거니와 형님도 몹시 늙으셨쉐다."

이 말을 꿈결같이 들으면서 그는 또 혼혼히 잠이 들었다. 그리하여 두어 시간, 꿀보다도 단잠을 잔 뒤에 깨어보니, 아까같이 빨간 불은 피어 있지만 아우는 어디로 갔는지 없어졌다. 곁의 사람에게 물어보니까 아까 아우는 형의 얼굴을 물끄러미 한참 들여다보고 있다가, 새빨간 불빛을 등으로 받으면서, 더벅더벅 아무 말 없이 어두움 가운데로 사라졌다 한다.

이튿날 아무리 알아보아야 그의 아우는 종적이 없어지고 알 수 없으므로, 그는 하릴없이 다른 배를 얻어 타고 또 물길을 떠났다. 그리하여 그의 배가 해주에 이르렀을 때, 그는 해주장에 들어가서 무엇을 사려다가, 저편 맞은편 가게에 걸핏 그의 아우 같은 사람이 있으므로 뛰어가서 보니 그는 벌써 없어졌다. 배가 해주에는 오래 머물지 않으므로 그는 마음은 해주에 남겨두고, 또다시 바닷길을 떠났다.

그 뒤에 삼 년을 이리저리 돌아다녔어도 아우는 다시 볼 수가 없었다.

그리하여 3년을 지내서 지금부터 6년 전에, 그의 탄 배가 강화도를 지날 날에, 바다를 향한 가파른 뫼 켠에서 바다를 향하여 날아오는 배따라기를 들었다. 그것도 어떤 구절과 곡조는 그의 아우 특식으로 변경된 - 그의 아우가 아니면 부를 사람이 없는, 그 배따라기이다.

배가 강화도에는 머무르지 않아서 거저 지나갔으나, 인천서 열흘쯤 머무르게 되었으므로,

그는 곧 내려서 강화도로 건너가 보았다. 거기서 이리저리 찾아다니다가, 어떤 조그만 객주집에서 물어보니, 이름도 그의 아우요, 생긴 모습도 그의 아우인 사람이 묵어 있기는 하였으나, 사나흘 전에 도로 인천으로 갔다 한다. 그는 곧 돌아서서 인천으로 건너와서 찾아보았지만, 그 조그만 인천서도 그의 아우를 찾을 바이 없었다.

그 뒤에 눈 오고 비 오며, 육년이 지났지만, 그는 다시 아우를 만나보지 못하고 아우의 생사까지도 알 수가 없다.

말을 끝낸 그의 눈에는 저녁 해에 반사하여 몇 방울의 눈물이 반짝인다.

나는 한참 있다가 겨우 물었다.

"노형 계수는?"

"모르디오. 20년을 영유는 안가봤으니낀요."

"노형은 이제 어디루 갈 테요?"

"것두 모르디요. 덩처가 있나요? 바람 부는 대로 몰려댕기디오."

그는 다시 한번 나를 위하여 배따라기를 불렀다. 아아, 그 속에 잠겨 있는 삭이지 못할 뉘우침, 바다에 대한 애처로운 그리움.

노래를 끝낸 다음에 그는 일어서서 시뻘건 저녁 해를 잔뜩 등으로 받고, 을밀대로 향하여 더벅더벅 걸어간다. 나는 그를 말릴 힘이 없어서, 멀거니 그의 등만 바라보고 앉아 있었다.

그날 밤, 집에 돌아와서도 그 배따라기와 그의 숙명적 경험담이 귀에 쟁쟁히 울리어서 잠을 못 이루고, 이튿날 아침 깨어서 조반도 안 먹고 기자묘로 뛰어가서 또다시 그를 찾아보았다. 그가 어제 깔고 앉았던 풀은 모두 한편으로 누워서 그가 다녀감을 기념하되, 그는 그 근처에 보이

지 않았다. 그러나 - 그러나 배따라기는 어디선
가 쟁쟁히 울리어서 모든 소나무들을 떨리지 않
고는 안 두겠다는 듯이 날아온다.

"모란봉(牡丹峰)25)이다. 모란봉에 있다."

하고 나는 한숨에 모란봉으로 뛰어갔다. 모란
봉에는 사람이 하나도 없다. 부벽루(浮碧樓)에도
없다.

"을밀대(乙密臺)26)다."

하고 나는 다시 을밀대로 갔다. 을밀대에선 부
벽루를 연한, 지옥까지 연한 듯한 골짜기에 물
한 방울을 안 새이리라고 빽빽이 난 소나무의
그 모든 잎은 떨리는 배따라기를 부르고 있지

---

25) 모란봉(牡丹峯), 평양 북쪽에 있는 작은 산. 꼭대기
   에 모란대(牡丹臺), 최승대(最勝臺), 을밀대 따위의
   누각이 있고, 동쪽은 절벽을 이루어 대동강을 굽어보
   고 있어서 경치가 빼어나다. 높이는 96미터.
26) 을밀대(乙密臺), 평안남도 평양 금수산 마루에 있
   는 대(臺)와 그 위에 있는 정자. 평양 시내를 내려다
   볼 수 있다.

만, 그는 여기도 있지 않다. 기자묘의, 하늘을 향하여 퍼져나간 그 모든 소나무의 천만의 잎잎도, 그 아래쪽 퍼진 천만의 풀들도, 모두 그 배따라기를 슬프게 부르고 있지만, 그는 이 조그만 모란봉 일대에서 찾을 수가 없었다.

강가에 나가서 알아보니, 그의 배는 오늘 새벽에 떠났다 한다. 그 뒤에 여름과 가을이 가고 일 년이 지나서 다시 봄이 이르렀으되, 잠깐 평양을 다녀간 그는 그 숙명적 경험담과 슬픈 배따라기를 두었을 뿐, 다시 조그만 모란봉에 나타나지 않는다.

모란봉과 기자묘에 다시 봄이 이르러서, 작년에 그가 깔고 앉아서 부러졌던 풀들도 다시 곧게 대가 나서 자줏빛 꽃이 피려 하지만 끝없는 뉘우침을 다만 한낱 배따라기로 하소연하는 그는 이 조그만 모란봉과 기자묘에서 다시 볼 수

가 없었다. 다만 그가 남기고 간 배따라기만 추
억하는 듯이 모든 잎잎이 속삭이고 있을 따름이
다.

■ 최서방(崔書房)

———— 계용묵

1

새벽부터 분주히 뚜드리기 시작한 최서방네 벼 마당에는 해가 졌건만 인제야 겨우 부추질이 끝났다.

일꾼들은 어둡기 전에 작석을 하여 치우려고 부리나케 섬몽이를 튼다. 그러나 최서방은 아침부터 찾아와 마당질이 끝나기만 기다리고 우들부들 떨며 마당가에 쭉 늘어선 차인꾼들을 볼 때에 섬몽이를 틀 힘조차 나지 않았다.

그는 실상 마당질 끝나는 것이 귀찮기보다는

죽기만치나 겁이 난 것이다.

그것은 하루에도 몇 번씩 찾아와 호미값(胡米價)이라 약값(藥價)이라 하고 조르는 것을 벼를 뚜드려서 준다고 오늘 내일 하고 미뤄오던 것인데 급기야 벼를 뚜드리고 보니 그들의 빚은 갚기는커녕 송지주의 농채도 다 갚기에 벼 한 알이 남아서지 않을 것 같아서 으레 싸움이 일어나리라 예상한 까닭이다.

"열 섬은 외상없이 나지?"

사랑 툇마루 위에서 수판을 앞에 놓고 분주히 계산을 치고 앉았던 '송'지주는 이렇게 물었다.

"열 섬이야 아마 더 나겠지요."

최서방은 열 섬이 못 날 줄은 으레 짐작하지만 일부러 이렇게 대답을 했다.

"글쎄…… 그러고 벼는 충실하지?"

지주는 놓았던 산알을 떨어버리고 마당으로

내려와 들여놓은 벼를 여물기 나 잘하였나 하고
시험 삼아 한 알을 골라 입안에 넣고 까보았다.

"암, 충실하고말고요. 이거야 소문난 변데요."

이것은 일꾼 중에 한 사람의 이야기였다.

섬몽이 틀기는 끝이 나고 이제는 작석이 시작
되었다. 차인꾼들은 제각기 적개 책을 꺼내어
든다.

"십오 원이니 섬 반은 주어야겠소."

호미값 차인꾼이 한 섬을 갓 되어 놓은 벼를
가로 깔고 앉으며 이렇게 말을 건넨다.

"글쎄, 준다는데 왜 이리들 급하게 구오."

최서방은 또 한 섬을 묶어 놓았다.

"오 원이니 나는 반섬이면 탕감이 되오."

이것은 포목값(布木價) 차인꾼이 들채는 소리
였다.

"섬 반이고 반섬이고 글쎄 벼를 팔아서야 돈

을 갚아도 갚지 있는 벼가 어디로 도망을 치겠
기에 이리들 보채오."

최서방은 우선 이렇게 밖에 대답할 수 없었다.

"벼자 돈이고 볏값도 빤히 금이 났으니 어서
들 갈라 주소. 괜히 이 춥고 어둡기나 전에 가
게."

약값 차인꾼은 이렇게 말을 붙이고 또 한 섬
을 깔고 앉는다.

"여보, 그것이 무슨 버릇들이오. 남의 벼를 그
렇게 함부로 깔고 앉으니."

"그러기 날래들 갈라 주어요."

"글쎄, 팔아서야 준다는데 무얼 갈라 달라고
그래요."

"그러면 그럼 오늘도 안 주겠다는 말이요. 말
이."

"안 주겠다는 게 아니라 벼를 팔아서 주마하

는데 되어 놓는 족족한 섬씩 덮쳐 깔고 앉으니
어디 체면이 되었단 말이요, 그럼."

"그래 오늘 내일 하고 속여 온 당신의 체면은
그래서 잘됐단 말이요, 그래."

"오늘이야 글쎄 벼를 팔아서야지요."

"그럼 오늘도 정말 안 줄 테요?"

"아니 못 주지요."

"정말."

"정말 아니고."

"정말."

"정말이야. 글쎄."

"정말이야. 글쎄가 무어야 이 자식."

호미 값 차인꾼은 분이 치밀어 푸들푸들 떨리
는 주먹을 부르쥐고 최서방의 턱 앞으로 바싹
다가섰다. 그리고 주먹을 불끈 내밀었다.

최서방은 '히' 하고 뒷걸음을 쳤다. 그러나 아

무 반항도 안 했다.

작석은 또한 끝이 났다. 열 섬을 믿었던 벼는 여덟 섬에 그치고 말았다.

송지주는 그것 가지고는 청장이 빳빳하다는 듯이 머리를 흔들며,

"이번에도 회계가 채 안 되는군. 모두 오십이 원인데."

하고 다시 계산을 틀어 본다.

"어떻게 그렇게 되오."

최서방은 자기의 예산과는 엄청나게 틀린다는 듯이 깜짝 놀라며 이렇게 반문을 했다.

"본(元金[원금])이 사십 원에 변(利子[이자])을 십이 원 더 놓으니까."

"무어 그 돈에다 변까지 놓아요?"

"변을 안 놓으면 어쩌나. 나도 남의 돈을 빚낸 것인데."

"그렇다기로 변은 제해 주세요."

"그 돈으로 자네 부처가 일 년이란 열두 달을 먹고 산 것인데 변을 안 물단 게 안 돼 안 돼 건."

그는 엉터리없는 수작이라는 듯이 '안 돼' 하는 '돼' 자에 힘을 주었다. 최서방은 보통의 농채(農債)와도 다른 이물푼삯(引水稅[인수세])에 고가의 변을 지우는 데는 젖 먹던 밸까지 일어났으나 송지주의 성질을 잘 아는 그는 암만 빌어야 안 될 줄 알고 아예 아무 말도 안 했다. 실상 그는 말하기도 싫었던 것이다.

"그러니까 태반이 넉 섬씩이지. 한 섬에 십 원씩 치고도 모자라는 12원을 어쩌나? 오라 가만 있자, 또 짚(藁[고])이 있것다. 짚이 마흔 단이니까 스무 단씩이지. 그러면 한 단에 십전씩 치고 이 원, 응응 겨우 우수떼논 그래 12원은 어쩔 테야?"

　그는 최서방이 그리 해주겠다는 승낙도 얻지 않고 자기 혼자 이렇게 결산을 치고 다짜고짜로 일꾼들을 시켜 한 섬도 남기지 않고 모두 자기네 곳간으로 끌어들였다.

　행여나 벼로나 받을까 하고 온종일 추움에 떨면서 깔고 앉았던 볏섬을 놓아준 차인꾼들은 마치 닭 쫓아가던 개가 지붕을 쳐다보는 격으로 눈들만 멀뚱멀뚱하여 어쩔 줄을 모르고 멀거니 서서 송지주의 분주히 왔다 갔다 하는 꼴만 쳐다보고 있었다. 그들은 한껏 분하면서도 우스웠다. 그래서 하하 하고 웃었다. 그러나 다시,

　"돈 내라, 이놈아."

　오늘 저녁에 안 내면 죽인다."

　"저렇게 속이기만 하는 놈은 주먹맛을 좀 단단히 보아야 아마 정신이 들 걸."

하고 제각기 이렇게 부르짖으며 달려들었다.
그것은 마치 이제는 돈도 받기 글렀는데 그 사
이에 품 놓고 다니던 분풀이로나 때워버리려는
듯하였다.

그들은 골이 통통히 부어서 갖은 욕설은 거들
이며 덤비었다.

호미 값 차인꾼은 최서방의 멱살을 붙잡았다.

"놓아. 이렇게 붙잡으면 누굴 칠 테야."

최서방은 이제는 팔아서 준단 말도 할 수 없
었다.

"못 치긴 하는데 이놈아."

호미 값 차인꾼은 최서방의 귀밑을 보기 좋게
한 개 갈겼다.

약값 차인꾼과 포목 차인꾼도 각각 한 개씩
갈겼다.

"아이."

최서방은 뒤로 비칠비칠하며 전신을 떨었다. 그리고 당연히 맞을 것이라는 듯이 아무런 반항도 안 했다.

"돈 내라, 이놈아."

호미 값 차인꾼은 이번에는 불두덩을 발길로 제겼다. 여러 차인꾼도 또한 같이 제겼다.

"아이고."

최서방은 기절하여 번듯이 뒤로 나가 넘어졌다. 넘어진 그의 코에서는 피가 흘렀다.

추움에 떨던 차인꾼들은 땀이 흠뻑 났다.

최서방은 죽은 듯이 넘어진 그대로 여전히 누워 있었다. 한참 만에 그는 알뜰히 아픔을 강잉히 참는 듯이 얼굴을 찡그리고 이빨을 뿌득뿌득 갈며 손을 허우적거렸다. 그리고 불두덩을 한 손으로 움켜쥐고 간신히 일어섰다.

그의 일어선 자리에는 코피가 군데군데 빨갛

게 물들어 있었다.

그가 완전히 걸어 막살이를 찾아 들어갈 때에
는 날은 벌써 새까맣게 어두워 있었다.

2

최서방에게 있어서 여름내 피땀을 흘리며 고
생고생 벌어놓은 결정이라고 는 오직 죽도록 얻
어맞은 매가 있을 뿐이다. 그 밖에는 아무러한
것도 없었다.

그는 밤이 깊도록 오력을 잘 못 썼다. 더구나
불두덩이 아파서 잘 일지도 못했다. 그는 이렇
게 남 못 보는 고초를 맛보지만 어느 뉘더러
호소할 곳도 없었다. 있다면 오직 사랑하는 아
내가 있을 뿐밖에 다만 자기 혼자서 아파할 따
름이었다.

그는 참으로 불쌍한 사람이었다. 이같이 불쌍

한 처지에 있는 소작인(小作人)이, 이 나라에 가득 찬 것이 그것이지만 그중에도 최서방처럼 불행한 처지에 앉아있는 사람은 별로 없을 것이다. 이렇게 그가 불행한 처지에 앉았게 된 원인은 오직 단순한 두 가지가 있을 뿐이다.

하나는 악독한 독사(毒死) 같은 지주를 가졌다는 것이요, 하나는 그가 본래부터 성질이 착하다는 것이니, 모든 사람들은 정의와 인도를 벗어나 남 의 눈을 감언이설로 속여 가며 교활한 수단으로 목숨을 연명하여 가지만 이러한 비인도적이요 비윤리적인 행동에는 조금도 눈떠보지 않은 그에게는 밥이 생기지 않았다. 이따금 밥을 몇 끼씩 굶을 때에는 도적질이란 것도 생각해 본 적이 한두 번이 아니었지만 이런 것을 생각할 때마다 비인도적이라는 것이 번개처럼 머리에 번쩍 떠오르곤 하여 그는 차마 그를 실행하지 못하였던 것이었다.

그가 이같이 착하니만치 그 반면에는 악독한 지주가 있어 이렇게 불쌍한 그의 피를 또한 빨아내는 것이었다.

예년은 말고 금년 일 년만 하더라도 이 동리 앞벌에 지독한 가뭄이 들어 모두들 볏모를 말라 죽이다시피 하였지만 송지주의 작인 치고도 오직 최서방 하나만이 인력(人力)으로는 도저히 인수(引水)할 수 없는 물을 빚을 얻어가며 펌프를 세내어 물을 한 방울 두 방울 빨아올리게 하여 볏모를 꾸준히 구하여 온 것이었다. 이렇게 그는 오직 살겠다는 생존욕에서 남 아니하는 고생을 하여 가며 남 못 하는 수확을 하였지만 '수확'이라는 것을 거금 주었던 송지주의 빚이라는 것이 고가의 이자가지 쓰고 나와 그로 하여금 도리어 가해를 지게 하여 그들이 피땀의 결정은 결국 송지주네 고방으로 들어가게 된 것이었다. 그리고 보니 그는 당장에 먹을 것이 없는 것이라 농사를 지어 줄 셈치고 안 쓸 수 없어 사소한 용처를 외상으로 맡아 썼던 것이 일 이 이렇게 되고 보니까 차인꾼들한테 매를 얻어맞는 경우에까지 이른 것이었다. 실상 그들의 빚은 송지주의 그것과는 다른 관계로 감사히 절하고 갚아야 될 것이건만 더구나 호미 값이란 잊을 수 없는 것이었다.

이 지방 풍속에 으레 소작인이 먹을 것이 없으면 추수를 할 때가지 식량을 지주가 당해 주는 법이건만 유독 송지주만은 먼저 당해 준 식량에 고가의 이자를 끼워 계산을 틀어가다가 추수에 넘치는 한이 있게 되면 예사로 그때에는 잡아떼고 작인들은 굶어 죽든지 말든지 그것을 상관하지 않고 다시는 주지 않는 것이었다. 그래서 금년에 최서방은 사흘이라는 기나긴 여름 날을 굶다 못하여 이전부터 친분이 있던 그 고을에서 호미 장사 하는 사람을 찾아가서 그런 사정을 말하였다. 그도 가난을 겪어본 사람이라 지극히 불쌍히 여겨 호미를 두 포대나 맡아준 것이었다. 그래서 최서방네 내외는 주린 창자를 회복시켜 오늘까지 목숨을 이어온 그러한 호미 값이었다.

그런데 그는 오늘 마지막으로 뚜드린 벼를 지주의 권력에 못 이겨 이 아닌 추운 겨울에 쫓겨날까 두려워 호미 값을 미리 끊어주지 못하고 그의 빚에 그만 탕감을 치워 버린 것이었다.

3

최서방은 지금 불김이 기별도 하지 않는 차디찬 냉돌에 누워서 발길에 채인 불두덩과 주먹에

맞은 귀밑이 쑤시고 저림도 잊어버리고 불덩이 같이 뜨거운 햇볕이 내려쬐이는 들판에서 등을 구워 가며 김매는 생각과 오늘 하루의 지난 역사를 머릿속에 그리어 본다.

"나는 왜 여름내 피땀을 흘리며 김을 매었노. 그리고 호미 값을 왜 미리 못 끊어 주었을꼬. 송지주는 왜, 그렇게 몹시도 악할꼬. 나는 왜 그리 약한 고, 나는 못난이다. 사람의 자식이 왜 이리 못났을까? 그런데 차인꾼들은 나를 왜 때렸노, 그들은 너무도 과하다. 아니, 아니 그런 것이 아니다. 그들도 밥을 얻기 위하여 나와 그렇게 피를 보게 싸웠던 것이다. 그들은 내가 피땀을 흘리며 여름내 농사를 짓는 것과 조금도 다름이 없이 그래야만 입에 밥이 들어오기 때문일 것이다. 아니 그들은 농작이 없어 농사도 짓지 못하고 막벌이로 품팔이로 저렇게 남의 돈을 거두어 주고 목숨을 붙여가는 그들이 나보다 도리어 불쌍하다. 나는 조금도 그들을 욕할 수 없다. 야속하달 수 없다. 그러나 지주네들은 왜 아무러한 노력도 없이 평안히 팔짱 끼고 뜨뜻한 자리에 앉았다가 우리네의 피땀을 온 송이째로 들어먹을까, 암만해요 고약한 일이다. 금년만 하더라도 우리 부처가 얼음이 갓 녹아 차디찬 종아리를 찢어내는 듯한 봄물에 들어서서 논을 갈고 씨를 뿌렸으며 불볕이 푹푹 내려쬐는 볕에 살을 데여가며 물 푸고 김매고 가으내 단잠 못자고 벼 베기와 싯거리질이며 겨우내 추움을 무릅쓰고 굶어가며 마당질을 하였는데 우리는 한 알도 맛보지 못하고 송지주네 곳간에 모조리 들여다 쌓았것다. 괘씸한 일이다. 그리고 우리 부처가 이렇게 노력을 할 때 송주사는(그는 늘 송지주를 송주사라 부른다) 긴 담뱃대 물고 뒷짐

지고 할일 없어 술 먹고 장기 두고 더우면 그늘을 찾고 추우면 뜨뜻한 아랫목에서 낮잠 질이나 하였었다."

이까지 머릿속에 그리어 생각해 온 그는 실로 분함을 참지 못하였다.

"에이."

그는 자기도 모르게 이렇게 부르짖으며 두 주먹을 불끈 쥐었다. 그리고 부르르 떨었다.

"왜— 그리우?"

산후에 중통을 하고 난 그의 아내는 발치 목에서 어린애 젖을 빨리고 있다 가 무엇을 생각하고 있는 듯하던 남편이 그같이 아지 못할 소리를 지르고 떠는 주먹을 보고 의아하게도 이렇게 물었다. 남편은 아무런 대답도 없이 여전히 부르쥔 주먹을 펴지 못하고 떨었다. 한참 만에 그는 입을 열었다.

"여보 마누라, 우리는 여름내 무엇을 하였소?"

이 소리는 매우 친절하고 측은하고 어성이 고왔다.

"무엇을 하다니요, 농사하지 않았어요?"

"그러면 지은 농사는 왜 없소?"

아내는 이 소리에 실로 기가 막혔다. 정신이 아찔하여지고 대답이 나오지 않았다. 저녁때 남편이 매를 맞던 꼴과 송지주의 벼를 떼어 들어가던 현장 이 눈앞에 갑자기 환하게 나타났다.

"에이."

그는 또다시 주먹을 부르르 떨었다.

아내는 어쩔 줄을 모르고 남편의 곁으로 다가 앉으며 눈물을 흘렸다.

"울기는 왜 우오. 우리 의논 좀 하자는데."

하고 그는 다시 무엇을 생각하더니 아내를 노려보며 말끝을 이었다.

"마누라, 우리는 왜 빚을 졌는지 아시오?"

"호미와 강냉이(옥수수) 사다 먹지 않았어요?"

"그런데 우리는 그 호미 값을 왜 못 무오?"

아내는 기가 막혀 또 말문이 막혔다. 지난여름에 사흘씩 굶어 떨던 그때의 현상이 또다시 눈앞에 나타났다. 남편도 이렇게 묻고 보니 생각은 새로워 아지 못할 눈물이 눈초리에 맺혔다.

"우리가 이리로 이사 온 지 몇 핸지?"

"10년째 아니요."

"옳아, 10년째 우리는 10년째를 이 독사의 구멍에서."

하고 그는 혼잣말 비슷이 이렇게 부르짖고 한숨을 괴롭게도 한 번 길게 빼고 다시 말을 이었다.

"여보게 마누라, 남 보기에는 우리가 송주사네의 덕택으로 먹고 입고 사는 줄 알지만 실상 우리는 우리의 두 주먹으로 우리의 몸을 살린 것일세.

우리는 송주사의 은혜하고는 반 푼어치도 없고 도리어 그들한테 피를 빨리올 것일세. 내나 자네나 이렇게 핏기 없이 뽀독뽀독 마른 것이 모두 송주사한테 피를 빨리올 탓일세. 우리가 그렇게 피와 땀을 흘리며 죽을 고생을 다하여 벌어 놓으면 그들은 그것을 가지고 잘 먹고 잘 입고 그리고도 남으면 그 돈으로 또 우리의 피를 빠는 것일세. 그러면 금년의 우리가 벌은 그것으로 또 내년에 우리의 피를 줄 것이 아닌가. 어떻게 생각하면 그런 줄을 빤히 알면서 피를 빨리는 우리가 도리어 우스운 것일세. 그러기에 우리는 이제부터 피를 빨리우지 않게 방책을 연구하여야 되겠네. 그래서 자유롭게 살아야 되겠네. 만일 우리의 두 주먹이 없다 하면 그들은 당장에 굶어 죽을 것일세. 죽고 말고 암죽지 죽어."

하고 그는 매우 흥분된 어조로 이렇게 장황히 부르짖었다. 그는 상당히 무엇을 깨달은 듯하였다. 아내는 이런 소리를 남편에게서 듣기는 실상 이번이 처음이었다. 그리고 가슴이 시원하다는 듯이 빙그레 웃었다.

"글쎄, 참 그렇긴 하지만 어찌하우?"

아내는 무엇을 생각하는 듯하더니 한참 만에 어찌할 바를 모르겠는 듯이 이렇게 물었다.

"어찌해, 싸워야 되지. 싸울 수밖에 없네. 그들의 앞에는 정의도 없고 인도도 없는 것을 어찌하나, 아니 이 세상이란 또한 역시 그런 것이니까.

남의 눈을 어떻게 패측한 수단으로라도 가리지 않고는 밥을 먹을 수 없는 것을 나는 이제야 비로소 깨달았네. 우리는 이제부터 이 모든 더러운 독사 같은 무리와 필사의 힘을 다하여 싸워야 되겠네. 싸워야 돼. 그래서 우리는……."

하고 그는 무엇을 더 말하려다가 참기 어려운 듯이 주먹을 또다시 부르르 떨었다.

"글쎄요, 아이 참 낼 아침 밥질 게 없으니 이 일을 또 어찌하우."

아내는 새삼스럽게 잊히지 못하던 아침거리가 머리에 또 떠올랐다.

"그러기에 싸우잔 말이야."

헤어진 창틈으로 바람은 씽씽 들어오지만 추운 줄도 모르고 이렇게 그들 내외는 생활고에 쪼들려 닥쳐오는 고통을 서로 하소연하며 장차 어찌 살꼬 하는 앞잡이 길에 온 정신을 잃고 깊은 명상 속에서 밤이 새도록 헤매었다.

4

그 이튿날 아침 일찍이 송지주는 최서방을 불러다 놓고 어젯저녁 벼에 탕감이 채 되지 못한 나머지 십 원을 들채기 시작했다.

어젯밤 밤새도록 한잠도 자지 못한 최서방의 눈은 쑨 죽처럼 풀어지고 눈알엔 발갛게 핏줄이 거미줄처럼 서리어 있었다.

"자네 농사는 참 금년에 장하게 되었네. 농사는 그렇게 근농으로 하지 않으면 이즘 전답 얻기도 힘든 세상일세. 참 자네 농사엔 귀신이야. 그렇기에 그래도 근 백 원 돈을 이탁데탁 청당했지. 될 말인가."

하고 송지주는 점잖음을 빼고 최서방을 추어하늘로 올려보내며 다시,

"그런데 어제 오십이 원에서 사십이 원은 귀정이 된 모양이나 이제 나머지 십 원은 어쩔

셈인가? 조속히 그것도 해 물고 세나 쐐야지?"

최서방은 없는 돈을 갚겠다지도 또한 안 갚겠다지도 어떻게 대답을 하여야 좋을지 몰라 한참이나 주저주저하다가,

"금년엔 물 수 없습니다. 그대로 지워 주십시오."

하고 그는 낯을 들지 못했다.

"물 수 없으면 어쩐단 말이야."

"그럼 없는 돈을 어찌합니까."

"물지도 못할 걸 쓰기는 그럼 왜 그렇게 썼어, 응!"

"그 돈 꿨기에 주사님네 농사를 지어 바치지 않았습니까?"

"이놈 나를 거저 지어 바친 것 같구나. 나루온 천하의 말버릇 같으니.

"에이 이놈."

그는 기다란 댓새를 최서방의 턱 앞에 훌근 내밀었다.

"아니 그럼 아시는 바 한 말도 없는 벼를 무엇으로 돈을 장만해 내랴십니까?"

"이놈, 그럼 없다고 안 물 테야 응! 이놈아, 내가 너희들은 그래도 불쌍한 것이라고 특별히 먹여 살렸건만 에이, 이 은혜 모르는 놈, 이놈 썩 나가, 전답도 모조리 다 내놓고 이 도야지 같은 놈, 아직도 밥을 굶어 보지 못하였던 거로구나."

하고 그는 누구를 잡아 삼킬 듯이 벌건 눈을 흘근거리며 댓새로 최서방의 턱을 받쳤다.

최서방은 이렇게 여지없는 욕설을 들을 때에, 아니 턱을 댓새로 받치올 때 다박 달려들어 댓새를 불어치고 대항도 하고 싶었으나 그는 약하였다.

그리고 머리끝까지 치밀어 오르는 분이 진정할 수 없이 가슴을 뛰게 하였지만 또한 그는 말을 못하였다. 나오려는 말은 입안에서 돌돌 굴다 사라지고 말 뿐이었다. 최서방이 집으로 나간 뒤끝에 송지주는 곧 멈들을 불러 가지고 막살이로 쫓아 나와서 약간한 가장으로 십 원을 또한 탕감치려 하였다.

우선 그는 멈들을 시켜 김장을 하여 넣은 독과 부엌에 걸은 솥을 뽑아 내왔다.

이때에 최서방은 더 참을 수 없었다. 여러 해를 두고 곰기고 곰겨 오던 분을 일시에 탁 터져 나왔다. 마치 병의 물이 꿀럭꿀럭 거꾸로 솟듯이.

"이놈!"

최서방은 주먹을 부르쥐었다. 그리고 입술을 푸들푸들 떨며 송지주와 마주섰다.

"이놈이라니, 야이, 이이, 무지한 버릇없는 놈아……."

송지주는 어쩔 줄을 모르고 몽둥이를 찾아 사방을 살피며 덤볐다. 실상 그는 나이 오십에 이놈이라는 소리를 듣기는 이번이 처음이라, 젖먹던 밸까지 일어나 섰을 것도 그리 무리는 아니었다.

"에이, 이 독사 같은 사람의 피를 빠는……."

하고 최서방은 허청 기둥에 세웠던 도끼를 들어 솥과 독을 단번에 부쉈다. '찌릉땡'하고 깨어져 사방으로 달아나는 소리는 마치 폭발이나 터지는 듯이 요란하였다.

"독을 깨깨개 깨치면 이 20원은."

"이놈아, 이이 내 피는."

그들의 형세는 매우 험악하였다. 최서방은 앞에 들어오는 것이든 무엇이든 지 모조리 때려

부술 듯이 주먹과 다리는 경련적으로 와들와들 떨렸다.

이런 광경을 멀거니 보고 있던 그 아내는 세간의 전부인 독과 솥이 깨어 져 없어지는 아까움보다 승리가 기쁘다는 듯이 빙그레 웃었다.

송지주는 멈들의 손에 끌리어 못 이기는 체하고 끄는 대로 끌리어 들어갔다.

멈들에게 독과 솥을 지워 가지고 들어가려 가지고 나왔던 지게는 멈들의 등에서 달랑궁달랑궁 빈 곳으로 쫓아 들어갔다.

5겨울은 가고 봄이 왔다. 어느 일기 좋은 따뜻한 날 석양에 무순(撫順) 차표를 손에다 각각 한 장씩 쥔 최서방 내외의 그림자는 S정거장 삼등 대합실 한구석에 나타났다. 그들의 영양 부족을 말하는 수척한 얼굴은 몹시도 핼끔 한 것이 마치 꿈속에서 보는 요물을 연상케 하였다. 더구나 그 아내의 등에 업힌 겨우 두 살밖에 안 되는 어린애는 추움에 시달렸음인지 한 줌도 못 되리만치 배와 등이 거의 맞붙다시피 쪼그린 데다가 바지저고리도 걸치지 못하고 알몸대로 업혀서 빼악빼악 하고, 울며 떠는 꼴이란 차마 볼 수 없었다.

그들은 송지주와 싸운 그 자리로 그 막살이를 떠나 끼니를 굶어가며 혹은 방앗간에서 그도 없으면 한길에서 밤새워 가며 정처 없이 일자리를 찾아 돌아다니다가 어떤 자그마한 도회지에서 최서방은 삯짐과 품팔이로 아내는 삯바느질과 삯빨래로 간신 간신히 차비를 장만하였던 것이다.

그들이 그 막살이를 떠날 때의 본래의 목저은 어떻게 죽물로라도 두 내외의 배를 채울 수만 있으면 내 고국은 떠나지 않으리라 생각하였건만 그것조차 여의치 못하여 최후의 수단으로 마침내 서간도 길을 단행한 것이었다.

그의 내외는 차 시간이 차차 가까워 와 몇 분 격하지 않은 앞에 잔뼈가 굵은 이 땅, 같은 피가 넘쳐 끓는 동포가 엉킨 이 땅을 떠나 산 설고 물 설은 이역의 타국에 고생할 것을 생각할 때에 실로 사무쳐 흐르는 눈물을 금할 수 없었다.

기차가 도착되자 플랫폼으로 앞서거니 뒤서거니 엉기엉기 걸어 나가는 사람들 틈에는 그들 내외도 섞여 있었다. 시각이 있는 차 시간이다. 그들은 할 수 없이 차에 몸을 담았다. 호각 소리가 끝나자 차는 바퀴를 움직였다.

"아! 차는 그만 가누나! 우리는 왜 이같이 눈물을 뿌리며 조국을 떠나지 않으면 안 되노?"

하고 그는 입속말로 중얼거리며 바람이 씽씽

들이 쏘는 차창으로 머리를 내밀고 차마 고국은 못 잊어 하는 듯이 눈물에 서린 눈으로 사방을 힘없이 살펴보았다. 그리고 좀 더 기차가 머물러 주었으면 하는 듯하였다.

그러나 내닫기 시작한 사정없는 기차는 흰 연기 검은 연기 번갈아 토하며 세 생명의 쓰라리게 뿌리는 피눈물을 씻고 줄달음치기 시작했다.

■뽕

—————— 나도향

1

'안협집'이 부엌으로 물을 길어 가지고 들어오매 쇠죽을 쑤던 삼돌이란 머슴이 부지깽이로 불을 헤치면서,

"어젯밤에는 어디 갔었습던교?"

하며, 불밤송이 같은 머리에 왜수건을 질끈 동여 뒤통수에 슬쩍 질러 맨 머리를 번쩍 들어 안협집을 훑어본다.

"남 어디 가고 안 가고 임자가 알아 무엇 할게요?"

안협집은 별 꼴사나운 소리를 듣는다는 듯이 암상스러운 눈을 흘겨보며 톡 쏴버린다.

조금이라도 염량이 있는 사람 같으면 얼굴빛이라도 변하였을 것 같으나 본시 계집의 궁둥이라면 염치없이 추근추근 쫓아다니며 음흉한 술책을 부리는 삼십이나 가까이 된 노총각 삼돌이는 도리어 비웃는 듯한 웃음을 웃으면서,

"그리 성낼 게야 무엇 있습나? 어젯밤 안쥔 심바람으로 임자 집을 갔었으니깐두루 말이지."

하고 털 벗은 송충이 모양으로 군데군데 꺼칫 꺼칫하게 난 수염을 숯검정 묻은 손가락으로 두어 번 쓰다듬었다.

"어젯밤에도 '김참봉' 아들네 사랑방에서 자고 왔습네그려."

삼돌이는 싱긋 웃는 가운데에도 남의 약점을 쥔 비겁한 즐거움이 나타났다.

"무엇이 어쩌고 어째, 이 망나니 같은 놈
……."

하는 말이 입 바깥까지 나왔던 안협집은 꿀꺽
다시 집어삼키면서,

"남 어디 가 자든 말든 상관할 것이 무엇인
고?"

하며, 물동이를 이고서 다시 나가려 하니까,

"흥! 두고 보소. 가만있을 줄 알았다가는……."

"듣기 싫어! 별꼬락서니를 다 보겠네."

2

강원도 철원(鐵原) 용담(龍潭)이라는 곳에 김삼
보(金三甫)라는 자가 있으니 나이는 삼십오륙 세
나 되었고, 키는 작달막하여 목은 다가붙고 얼
굴빛은 노르께하며 언제든지 가죽창 박은 미투
리에 대갈편자를 박아신고 걸음을 걸을 적마다

엉덩이를 내저으므로 동리에서는 그를 '땅딸보 김삼보', '아편쟁이 김삼보', '오리궁둥이 김삼보'라고 부르는데 한 달에 자기 집에 붙어 있는 날이 이틀이라면 꽤 오래 있는 셈이요, 하루라면 예사다. 그리고는 언제든지 나돌아 다니므로 몇 해 전까지도 잘 알지 못하였으나 차차 동리서 소문이 돌기를 '노름꾼 김삼보'라는 말이 퍼지자 점점 알아본즉 딴은 강원도, 황해도, 평안도 접경을 넘어 다니며 골패투전으로 먹고 지내는 것이 알려지게 되었다.

그 노름꾼 김삼보의 여편네가 아까 말하던 안협집이니, 안협(安峽)은 즉 강원, 평안, 황해, 삼도 품에 있는 고읍(古邑)의 이름이다.

그 안협집을 김삼보가 얻어 오기는 지금으로부터 5년 전, 안협집이 스물한 살 되던 해인데 어떻게 해서 얻었는지 자세히는 알지 못하나 사람들의 말을 들으면 술파는 것을 눈을 맞추어서 얻었다고 하기도 하고, 계집이 김삼보에게 반해서 따라왔다가도 하고, 또는 그런 것 저런 것도 아니라 계집의 전남편과 노름을 해서 빼앗았다고 하는데 위인 된 품으로 보아서 맨 나중 말이 가장 유력할 것 같다고 동리 사람들이 말을 한다.

처음에 안협집이 동리에 오자 그 동리 그 또래 계집들은 모두 석경을 들여다보게 되었다. 안협집이 비록 몸은 그리 귀하게 태어나지 못하였으나 인물이 남달리 고운 점이 있어, 동리 젊은것들이 암연히 부러워도 하고 질투도 하게 되고 또는 석경 속에 비친 자기네들의 예쁘지 못한 얼굴을 쥐어뜯고 싶기도 하였으니 지금까지 '나만한 얼굴이면' 하는 자만심이 있던 젊은 계집들에게 가엾게도 자가결함(自家缺陷)이 폭로되는 환멸을 느끼게 하기까지도 하였다.

그러나 촌구석에서 아무렇게 자란데다가 먼저
안 것이 돈이었다.

"돈만 있으면 서방도 있고 먹을 것, 입을 것이
다 있지."

하는 굳은 신조는 자기 목숨을 내어놓고는 무
엇이든지 제공하여 부끄러운 것이 없었다.

5, 6세 적, 참외 한 개에 원두막 속에서 총각
녀석들에게 정조를 빌린 것이나, 벼 몇 섬, 돈
몇 원, 저고릿감 한 벌에 그것을 빌리는 것이
분량과 방법이 조금 높아졌을 뿐이요 그 관념은
동일하였다.

그리하여 이곳으로 온 뒤에도 동리에서 돈푼
이나 있고 얌전한 젊은 사람은 거의 다 한 번
씩은 후려내었으니 그것은 남자 편에서 실없는
짓 좋아하는 이에게 먼저 죄가 있다 하는 것보

다도 이쪽 안협집에게 그 책임이 더 있다고 할
수 있고, 또 그것보다 더 큰 죄는 그 남편 되는
노름꾼 김삼보에게 있다고 할 수가 있으니 그것
은 남편 노름꾼이 한 달에 한 번을 올까말까
하면서도 올 적에는 빈손을 들고 오는 때가 많
으니 젊은 계집 혼자 지낼 수가 없으매 자연히
이집 저집 동리로 다니며 품방아도 찧어 주고
김도 매주고 진일도 하여 주며 얻어먹다가 한번
은 어떤 집 서방님에게 실없는 짓을 당하고 나
니 쌀말과 피륙 두 필을 받아 보니 그것처럼
좋은 벌이가 없어 차츰차츰 이번에는 자기가 스
스로 벌이를 시작하여 마치 장사하는 사람이 거
래 단골을 트듯이, 이 사람 저 사람을 집어먹기
시작하더니 그것도 차차 눈이 높아지니까 웬만
한 목도꾼 패장이나 장돌림, 조금 올라서서 순
사 나리쯤은 눈으로 거들떠보지도 않게 되고,

적어도 그곳에서는 돈푼도 상당하고 여간해서 손아귀에 들지 않는다는 자들을 얼러 보기 시작하게 되었던 것이다.

그 후부터는 일하지 않고 지내며 모양내고 거드름부리고 다니는데 자기 남편이 오면,

"이번에는 얼마나 땄습노?"

하고 파르께한 눈을 사르르 내리뜬다.

"딴 게 뭔가, 밑천까지 올렸네."

삼보는 목 뒤를 쓰다듬으며 입맛을 다신다. 그러면 안협집은 전에 없던 바가지를 긁으며,

"불알 두 쪽을 달구서 그래 계집만두 못하다는 말요?"

하고서 할 말 못할 말을 불어서 풀을 잔뜩 죽여 놓은 뒤에는 혹시 서방이 알면 경이 내릴까 하여 노자랑 밑천 푼을 주어서 배송을 낸다. 그러면 울며 겨자 먹기로 삼보는 혼자 한숨을 쉬

면서,

"허허, 실상 지금 세상에는 섣부른 불알보다는 계집 편이 훨씬 나니라."

하고 봇짐을 짊어지고 가버린다.

3

이렇게 이삼 년을 지내고 난 어떤 가을에 삼돌이란 놈이 그 뒷집 머슴으로 왔는데 놈이 어느 곳에서 어떻게 빌어먹던 놈인지는 모르나 논 맬 때 콧소리나마 아르렁 타령 마디나 똑똑히 하고 술잔이나 먹을 줄 알며, 동료들 가운데 나서면 제법 구변이나 있는 듯이 떠들어 젖히는 것이 그럴듯하고 게다가 힘이 세어서 송아지 한 마리 옆에 끼고 개천 뛰기는 밥 먹듯 하는 까닭에 동리에서는 호랑이 삼돌이로 이름이 높다.

놈이 음침하여 오던 때부터 동리 계집으로

반반한 것은 남모르게 모두 건드려 보았으나 안
협집 하나가 내내 말을 듣지 않으므로 추근추근
귀찮게 구는데 마침 여름이 되어 자기 집 주인
마누라가 누에를 놓고 혼자는 힘이 드니까 안협
집을 불러서 같이 누에를 길러 실을 낳거든 반
분하자는 약속을 한 후 여름내 같이 누에를 치
게 된 것을 알고 어떤 틈 기회만 기다리며,'흥,
계집년이 배때가 벗어서 말쑥한 서방님만 얼르
더라. 어디 두고 보자. 너도 깩소리 못 하고 한
번 당해야 할 걸! 건방진 년!'

하고는 술잔이나 취하면 주먹을 들었다 놓았
다 한다.

그러자 주인마누라가 치는 누에가 거의 오르
게 되자 뽕이 떨어졌다. 자기 집 울타리에 심은
뽕은 어림도 없이 다 따다 먹이었고 그 후에는
삼돌이란 놈을 시켜서 날마다 십 리나 되는 건

넛마을 일갓집 뽕을 얻어다 먹이었으나 그것도 이제는 발가숭이가 되게 되었다.

인제는 뽕을 사다 먹이는 수밖에 없게 되었다. 그러나 사다가 먹이자면 돈이 든다.

주인 노파는 담뱃대를 물고서 생각하여 보았다.

'개량 뽕이 좋기는 좋지마는 돈을 여간 받아야지. 그리고 일일이 사서 먹이려다가는 뽕 값으로 다 집어먹고 남는 것이 어디 있나.'

노파 생각에는 돈 한 푼 안 들이고 공짜로 누에를 땄으면 좋을 것이다. 돈 한 푼을 들인다 하면 그 한 푼이 전 수확에서 나오는 이익의 전부같이 생각되어 못 견뎠다. 그뿐 아니라 자기 혼자 이익을 먹는 것 같으면 모르거니와 안협집하고 동사로 하는 것이므로 안협집이 비록 뼈가 부서지도록 일을 한다 하더라도 그 힘이

자기 주머니에서 나가는 돈 한 푼만 못해 보인
다. 그래서 뽕을 어떻게 공짜로, 돈 안 들이고
얻어 올 궁리를 하고 있다가 안협집이 마침 마
당으로 들어서매,

"뽕 때문에 일났구려."

하며 안협집에게는 무슨 도리가 없느냐고 물
어 보았다.

"글쎄."

안협집 생각은 주인의 마음과 또 달라서 남의
주머니 돈 백 냥이 내 주머니 돈 한 냥만 못하
다. 그래서 '돈 주면 살걸.' 하는 듯이 심상하게
있다.

"어떻게 해서든지 구해 와야지."

서로 얼굴만 쳐다볼 때, 들에 나갔던 삼돌이란
놈이 툭 튀어 들어오다가 이 소리를 듣더니 제
딴은 동정하는 표정으로,

"그것 일났쇠다. 어떻게 하나……."

한참 허리를 짚고 생각을 해보더니,

"헝! 참 그 뽕은 좋더라마는 똑 되기를 미선조각같이 된 놈이 기름이 지르르 흐르는데 그놈을 먹이기만 하면 고치가 차돌같이 여물 거야?"

들으라는 말인지 혼자 말인지는 모르나 한마디를 탁 던지고 말이 없다. 귀가 반짝 띈 주인은,

"어디 그런 것이 있단 말이냐?"

하며 궁금증난 사람처럼 묻는다.

"네, 저 새 술 막에 있는 뽕밭에 있는 것 말씀이오."

혹시 좋은 수가 있을까 하려다가 남의 뽕밭, 더구나 그것으로 살아가는 양잠소 뽕이라 말씨름만 하는 것이 될 것 같으므로,

"응! 나도 보았지, 그게 그렇게 잘되었나? 잘

되었겠지. 그렇지만 그런 것이야 짐으로 있으면 무엇 하니.”

“언제 보셨어요?”

“보기야 여러 번 보았지. 올봄에 두릅 따러 갔다가도 보고.”

삼돌이란 놈이 한참 있다가 싱긋 웃더니 은근하게,

“쥔마님! 제가 뽕을 한 짐 져다 드릴 것이나 탁주 많이 먹이시렵니까?”

듣던 중에도 그렇게 반가운 소리가 또 어디 있으랴.

“작히 좋으랴. 따오기만 하면 탁주에다 젓이라도 담그마.”

귀찮은 삼돌이도 이런 때는 쓸 만하다는 듯이 안협집도 환심 얻으려는 듯한 웃음을 웃으며 삼돌이를 보았다. 삼돌이는 사내자식의 솜씨를 네

앞에 보여 주리라 하는 듯이 기운이 나며 만족
하였다.

그날 밤 저녁을 먹고 자정 때나 되더니 삼돌
이는 눈을 비비며 일어나서 문 밖으로 나갔다.
나갔다가 한 두어 시간 만에 무엇인지 지고 오
더니 그것을 뒤꼍 건넌방 뒤 창 밑에 뭉뚱그려
놓았다. 이튿날 보니까 딴은 미선쪽 같은 기름
이 흐르는 뽕잎이었다.

"어디서 났을꼬?"

주인하고 안협집은 수군수군하였다.

"그 녀석이 밤에 도둑질을 해온 게지? 뽕은
참 좋소, 그렇지?"

"참 좋쇠다. 날마다 이만큼씩만 가져오면 넉넉
히 먹이겠쇠다."

두 사람은 뽕을 또 따오지 않을까 보아서 아
무 말도 아니 하고,

"참 뽕 좋더라. 오늘도 좀 또 따오렴."

하고 충동인다. 놈은 두 손을 내저으며,

"쉬, 떠드시지 맙쇼. 큰일 나죠. 그것이 그렇게 쉬워서야 그 노릇만 하게요. 까딱하다가는 다리 마디가 두 동강이 날걸요."

도둑질해 온 삼돌이나 받아들인 두 사람이나 도둑질 왜 했소! 하는 말은 없으나 서로 알고 있다.

그러자 하루는 주인이 안협집더러,

"여보, 이번에는 임자가 하루 저녁 가보구려. 그놈이 혹시 못 가게 되더래도 임자가 대신 갈 수 있지 않수. 또 고삐가 길면은 바래인다구 무슨 일이 있을는지 모르니 임자가 둘이 가서 한 몫 많이 따오는 것이 좋지 않수."

안협집이 삼돌이를 꺼리는 줄 알지마는 제 욕심에 입맛이 달아서 자꾸자꾸 충동인다.

"따다가 잡히면 어찌하구유."

"무얼! 밤중에 누가 알우? 그리고 혼자 가라오, 삼돌이란 놈하고 가랬지."

"글쎄, 운이 글러서 잡히거나 하면 욕이지요."

잡히는 것보다도 안협집의 걱정은 보기도 싫은 삼돌이란 녀석하고 밤중에 무인지경에를 같이 가라니 그것이 딱한 일이다.

안협집의 정조가 헤프기로 유명한 만치 또 매몰스럽기도 유명하여 한번 맘에 들지 않는 것은 죽어도 막무가내다. 그것은 만 냥 금을 주어도 거들떠보지도 아니한다. 그런데 삼돌이가 그 중에 하나를 참례하여 간장을 태우는 모양이다.

안협집은 생각하고 생각하여 결심해 버렸다.

"빌어먹을 녀석이 그 따위 맘을 먹거든 저 죽이고 나 죽지. 내 기운은 없어도……."

하고 쌀쌀하게 눈을 가로 뜨고 맘을 다가먹었

다. 그리고는 뽕을 따러 가기로 하였다.

삼돌이는 어깨에서 춤이 저절로 추어진다.

'얘, 이것이 정말인가, 거짓말인가? 이제는 때가 왔구나. 인제는 제가 꼭 당했지.'

놈이 신이 나서 저녁 먹고, 마당 쓸고, 소여물 주고, 도야지, 병아리새끼 다 몰아넣고, 앞뒤로 돌아다니며 씻은 듯 부신 듯 다 해놓고, 목물하고 발 씻고, 등거리 잠뱅이까지 갈아입은 후 곰방대에 담배를 꾹꾹 눌러 듬뿍 한 모금 빨아 휘— 내뿜으며 시간 오기만 기다린다.

4

안협집은 보자기를 가지고 삼돌이를 따라서 뽕밭을 향하여 간다.

날이 유달리 깜깜하여 앞의 개천까지 자세히 보이지 않는다. 돌부리가 발부리를 건드리면 안협집은 에구 소리를 내며 천방지축으로 다리도 건너고 논이랑도 지나고 하여 길반쯤 왔다.

삼돌이란 놈은 속으로 궁리를 하였다.

'뽕을 따기 전에 논이랑으로 끌고 가?'

'아니지, 그러다가는 뽕두 못 따가지고 오면 어떻게 하게!'

'저도 열녀가 아닌 다음에 당하고 나면 할 말 없지. 아주 그런 버릇이 없는 년 같으면 모르거니와.'

'옳지, 수가 있어, 뽕을 잔뜩 따서 이어 주면 제가 항우의 딸년이라고 한번은 중간에서 쉬렷다. 그러거든.'

이렇게 궁리를 하다가 너무 말이 없으니까 심심파적도 될 겸 또는 실없는 농담도 좀 해서 마음을 좀 떠보아 나중 성사의 전제도 만들어 놓을 겸 공연히 쓸데없는 말을 지껄인다.

"삼보는 언제나 온답디까?"

"몰라, 언제는 온다 간다 말이 있이 다니나."

"그래 영감은 밤낮 나돌아 다니니 혼자 지내기 쓸쓸치도 않소."

놈이 모르는 것같이 새삼스럽게 시치미를 뗀다.

"별걱정 다 하네. 어서 앞서 가, 난 길이 서툴러 못 가겠으니……."

"매우 쌀쌀하구려. 나는 임자를 위해서 하는 말인데. 그렇지만 김참봉 아들이란 쇠귀신 같은 놈이라 아무리 다녀도 잇속 없습네. 내 말이 그르지 않지."

안협집은 삼돌이가 아주 터놓고 말을 하는 것을 들으니까 분해서 뺨이라도 치고 싶었으나 그대로 참으며,

"무엇이 어째? 말이라면 다 하는 줄 아는군."

하고 뒤로 조금 떨어져 걸어갈 제 전에도 그 녀석이 미웠지마는 남의 약점을 들어 가지고 제 욕심을 채우려는 것이 더 더러웠다.

뽕밭에 왔다. 삼돌이란 놈이 철망으로 울타리 한 것을 들어 주어 안협집이 먼저 들어가고 나중으로 삼돌이란 놈은 그 무거운 다리를 성큼하여 그 안으로 들어갔다. 들어가다가 발끝에 삭정이 가지를 밟아서 딱 우지끈 소리가 나고 조용하였다.

삼돌이는 손에 익어서 서슴지 않고 따지마는 안협집은 익지도 못한데다가 마음이 떨리고 손이 떨려서 마음대로 안 된다.

삼돌이는 뽕을 따면서도 있다가 안협집을 꾀일 궁리를 하지마는 안협집은 이것저것을 잊어버리고 손에 닥치는 대로 뽕을 땄다.

얼마쯤 땄다. 갑자기 안협집의 뒤에서,

"누구야?"

하고 범 같은 소리를 지르는 남자 소리가 안협집의 간담을 서늘하게 하였다.

삼돌이란 놈은 길이나 되는 철망을 어느 결에 뛰어넘었는지 십여 간통이나 달아나서 안협집을 불렀다.

"어서 와요! 어서, 어서."

그러나 안협집은 다리가 떨려서 빨리 나와지지를 않는다. 그러나 죽을힘을 다하여 달아나려고, 한 아름 잔뜩 따 넣었던 뽕을 내던지고 철망으로 기어 나왔다. 철망을 기어 나오기는 나왔으나 치맛자락이 걸려서 잡아당긴다. 거기에 더 질겁해서 그대로 쭉 찢고 나오려 할 때, 때는 이미 늦었다. 뽕 지키던 남자는 안협집을 잡았다.

"이 도둑년! 남의 뽕을 네 것같이 따가? 온

참, 이년! 며칠 째냐, 벌써. 이렇게 남의 것이라고 건깡깡이로 먹으면 체하지 않을 줄 알았더냐? 저리 가자."

안협집은,

"살려 주소. 제발 잘못했으니 살려만 주소. 나는 오늘이 처음이오. 저 삼돌이란 놈이 날마다 따갔지 나는 죄가 없쇠다."

하고 손이 발이 되도록 빈다.

"듣기 싫어, 이년아! 무슨 변명이냐. 육시를 하고도 남을 년 같으니. 왜, 감옥소의 콩밥 맛이 고소하더냐?"

"그저 잘못했습니다."

삼돌이는 보이지 않고 뽕지기는 안협집 손목을 끌고 뽕밭으로 들어갔다.

"이리 와! 외양도 반반히 생긴 년이 무엇이 할 게 없어 뽕 서리를 다녀."

하더니 성냥불을 그어 대고 안협집을 들여다
보더니,

"흥."

의미 있는 웃음을 웃어 버렸다.

안협집은 이 웃음에 한 가닥 희망을 얻었다.
그 웃음은 안협집의 손아귀에 자기를 갖다 쥐어
준다는 웃음이다. 안협집은 따라서 방싯 웃었
다. 그 웃음 한번이 넉넉히 뽕지기의 마음을 반
이상이나 흰죽 풀어지게 하였다.

안협집은 끌려갔다.

'제가 철석같은 간장을 가진 놈이 아닌 바
에…… 한번이면 놓아 줄걸.'

그는 자기의 정조를 팔아서 자기의 죄를 면할
수 있음을 알았다. 그는 마지 못하는 체하고 끌
려갔다.

삼돌이란 놈은 멀리서 정경만 살피다가 안협

집을 뽕지기가 데리고 가는 것을 보더니 두 눈에서 쌍심지가 돋았다.

'얘 이놈이 호랑이 삼돌이를 모르는 모양이다. 그러나 대관절 어떻게 할 셈이냐? 이놈 안협집만 건드려 보아라. 정강마루를 두 토막에다 내놀 터이니. 오늘 밤에는 꼭 내 것이던걸 그랬지. 어디 좀 가까이 좀 가볼까?'

이제는 단판씨름이라 주먹이 시비 판단을 하는 때이다. 다시 철망을 넘어서 들어갔다. 들어가서는 이곳저곳 귀를 기울이더니 이 구석 저 구석으로 돌아다녀 보았다.

저쪽에서 인기척이 웅얼웅얼하더니 아무 말이 없다. 한 두서너 시간 그 넓은 뽕밭을 헤매고 또 거기 닿은 과목밭, 채마전, 나중에는 그 옆 원두막까지 가보았다. 놈이 뽕나무밭 가운데 부풀덤불을 보지 못한 까닭이다.

그는 입맛만 다시면서 집으로 와서 주인에게 그 이야기를 했다.

노파의 눈은 등잔만 해지더니 두 손, 두 다리가 사시나무 떨듯 한다.

"이거 일났구나. 어쩌면 좋단 말이냐."

좌불안석을 할 제 삼돌이란 녀석은 분한 생각에 곰방대만 똑똑 떨고 앉았다.

5

그날 새벽에 안협집이 무사히 왔다. 머리에 지푸라기가 묻고 몸매무시가 말 아니다.

"에그, 어떻게 왔어! 응?"

주인은 눈에 눈물이 괴어서 어루만진다.

"무얼 어떻게 와요? 밤새도록 놈하고 승강이를 하다가 그대로 왔지."

"그대로 놓아 주던가?"

"놓아 주지 않고, 붙잡아 두면 어찌할 테야?"

일이 너무 싱겁다. 삼돌이 놈만 혼잣말처럼,

"내가 잡혔다면 콩밥을 먹었을걸. 여편네니까 무사했지."

주인은 그래도 미진해서,

"그래, 잘 놓아 주었으니 다행이지. 그러나저러나 뽕은 어떻게 되었노."

"아 뺏겼죠?"

"인제는 아무 일 없겠소?"

"일이 무슨 일예요."

그날 밤에 삼돌이란 놈은 혼자 앉아서 생각하기를, '복 없는 놈은 하는 수가 없거든. 그러나 내가 다 눈치를 채었으니까, 노름꾼 놈이 오거든 이르겠다고 위협을 하면 년도 발이 저려서 그대로는 못 있지. 내 입을 안 씻기고 될 줄 아는 게로구먼.'

그 후부터는 삼돌이란 놈이 안협집을 보고는,

"뽕지기놈 보고 싶지 않습나?"

하고 오며 가며 맞대놓고 빈정대기도 하고 빗대 놓고도 비웃는다.

"뽕이나 또 따러 가소."

이러는 바람에 온 동리에서 다 알았다. 안협집은 분해서 죽겠는데 하루는 삼돌이란 놈이 막 안협집이 이불을 펴고 누우려는데 찾아와서 추근추근 가지도 않고,

"삼보 김서방이 올 때도 되었습네그려."

하며 눈치를 본다. 안협집은 졸음이 와서 눈꺼풀이 뻣뻣하여 오는데 삼돌이란 놈이 가지도 않는 것이 귀찮아서,

"누가 아우. 오고 싶으면 오고 가고 싶으면 가겠지."

하고 담벼락에 비스듬히 기대앉는다.

삼돌이의 눈에는 그 고단해하면서 비스듬히 누워서 눈을 감을랑 말랑 한 안협집의 목덜미 살쩍 밑이며 볼그레한 두 볼이 몹시 정욕을 일으켰다.

그래서 차츰차츰 말소리가 음흉해 간다.

"임자는 사람을 너무 가려 봅디다. 그러지 마슈. 나도 지금은 남의 집 머슴 놈이지마는 안집 지체라든지 젊었을 적에는 그래도 행세하는 집에서 났더라우. 지금은 그놈의 원수스런 돈 때문에 이렇게 되었지마는."

하고 말을 건네려 하는데, 안협집은 별 시러베자식 다 보겠다는 듯이 대답이 없다.

"자, 그럴 것 있소. 오늘은 내 청을 한번 들어주소 그려."

하고 바싹 달려드는 바람에 반쯤 감았던 안협집의 눈은 똥그래지며 어느 결에 삼돌의 뺨에 손뼉이 올라가 정월의 떡치듯 철썩 한다.

"이놈! 아무리 쌍녀석이기로 이게 무슨 버르장머리냐, 냉큼 나가거라?"

하고 호령이 추상같다. 삼돌이란 놈은 따귀를 비비면서 성이 꼭두까지 일어나서,

"무엇이 어쩌고 어째. 횡! 어디 또 한 번 때려 봐라."

일이 이렇게 되었으니 자기가 하려던 것은 이루고 마는 것이 상책이다. 이래도 소문은 날 것이요, 저래도 소문은 날 것이니 이왕이면 만족이나 채우고 소문이 나더라도 나는 것이 자기에게는 이로울 것 같았다.

더구나 안협집으로 말을 하면 온 동리에서 판 박아 놓은 화냥년이니 한 번 화냥이나 두 번 화냥이나, 남이나 내가 무엇이 다를 것이 있으랴 하는 생각이 났다. 도리어 자기의 만족을 한

번 얻는 것이 사내자식으로서의 일종의 자랑인 것같이 생각되었다.

그는 두 팔로 안협집을 힘껏 껴안고,

"내가 호랑이 삼돌이다! 네가 만일 내 말을 들으면 무사하지만 그렇지 않으면 그대로 두지는 않을 터이야! 너, 네 남편이 오기만 하면 모조리 까바칠 터이야! 뽕 따러 갔던 날 일까지 모조리?"

무식한 놈이라 야비한 곳이 있다. 안협집은 그 소리가 얼마나 사내답지 못하였는지 알 수 없었다. 쇠 같은 팔이 자기 허리를 누를 때 눈을 감고 한 번만 허락할까 하려다가 그 말을 듣고서 고만 침을 얼굴에 뱉었다.

"이 더러운 녀석! 네가 그까짓 것으로 나를 위협한다고 말을 들을 줄 아니."

하고 소리를 질렀다. 삼돌이는 손으로 안협집

의 입을 막았으나 때는 늦었다. 마침 마을 다녀
오던 이장의 동생이 이 소리를 듣고 문을 열었
다.

삼돌이란 놈은 무안해서 얼굴이 붉어지며 안
협집을 놓았다. 안협집은 분해서 색색하며,

"저놈 보시소. 아닌 밤중에 혼자 자는데 와서
귀찮게 굽니다. 저 죽일 놈이오. 좀 끌어내다
중치를 좀 해주시오."

이장의 동생은 안협집의 행실을 아는 고로 삼
돌이만 보내려고,

"이놈이 할 일이 없거든 자빠져 자기나 하지,
왜 아닌 밤중에 남의 계집의 방에서 지랄이야?
냉큼 네 집으로 가거라?"

두 눈이 등잔만 하여진다.

"네, 그런 게 아니라, 실없이 기롱을 좀 했삽
더니……."

"듣기 싫여! 공연히 어름어름하면서, 이놈아, 너는 사람을 죽여도 기롱으로 아느냐?"

삼돌이는 쫓겨났다. 이장의 동생은 포달을 부리며 푸념을 하는 안협집을 향하여,

"젊은것이 늦도록 사내 녀석들을 방에다 붙이니까 그런 꼴을 당하지."

"누가요?"

"고만둬! 어서 잠이나 자."

하며 문을 닫쳐 주고 가버렸다.

6

삼돌이는 앙심을 먹었다. 안협집을 어떻게 해서든지 한번 골리리라는 생각이 가슴속에 탱중하였다. 안협집은 독이 났다. 삼돌이란 놈 분풀이를 하려는 생각이 머리끝까지 올라왔다.

이튿날 동리에 소문이 났다.

"삼돌이란 놈이 뺨을 맞았다지! 녀석이 음침하니까."

"그렇지만 계집년이 단정하면 감히 그런 맘을 먹을라구?"

"그렇구말구! 제 행실야 판에 박은 행실이니까."

"지가 먼저 꼬리를 쳤던 게지."

이 소리가 바람에 떠돌아오자 안협집은 분하였다. 요조숙녀보다도 빙설 같은 여자인데 이런 누추한 소문을 듣는 것 같았다. 맘에 드는 서방질은 부정한 일이 아니요, 죄가 아니요, 모욕이 아니나 마음에 없는 놈에게 그런 소리를 듣고 당하는 것은 무서운 모욕 같았다.

그는 그 길로 삼돌의 주인마누라에게로 갔다.

"삼돌이란 녀석을 내쫓이소."

주인은 벌써 알아채었으나 안협집 편은 안 들

었다. 다만 어루만지는 수작으로,

"무얼 내쫓을 것까지 있소. 그만 일에…… 그저 눈감아 두지."

"왜 눈을 감는단 말이오?"

주인은 속으로 웃었다. '소 한 필을 달라면 줄지언정 삼돌이를 내놔?' 하였다.

"내쫓아선 무얼 하우, 또."

'어림없는 년! 네가 떠들면 떠들수록 네 밑구멍 들춰서 남 보이는 것이라'는 듯이 쳐다보며 맨 나중으로 아주 잘라 말을 해버렸다.

"나는 못 내보내겠소."

안협집은 분해서 집에 와서 머리를 쥐어뜯으며 울었다.

그리고 또 결심했다.

'두고 봐라. 너희들까지 삼돌이를 싸고도니! 영감만 와봐라.'

하루는, 딴은 영감이 왔다. 안협집은 곤두박질을 하면서 맞았다.

"에그, 어서 오슈."

노름꾼 김삼보는 눈이 똥그래졌다. 무슨 큰 좋은 일이나 생긴 것 같았다. 딴 때와 유달리 반가워하는 것이 의심스럽고 이상하였다.

방에 들어앉자마자 얼마나 땄느냐는 말도 물어 보지 않고 삼돌이란 놈에게 욕 당할 뻔 하였다는 말을 넋두리하듯 이야기하였다.

"사람이 분해서 죽겠구려. 이것도 모두 영감 잘못 둔 탓이야. 오죽 영감이 위엄이 없어 보이면 그 따위 녀석이 그런 짓을 할라고…… 영감이라고 있으나 없으나 마찬가지지, 1년 12월 계집이 죽거나 살거나 내버려두고 돌아만 다니니까."

영감은 픽 웃었다.

"왜 내 잘못인가. 오죽 행실을 잘 가지면 그
따위 녀석에게 그 꼴을 당한담."

김삼보는 분이 나지 않는 것도 아니었다. 그러
나 계집의 소행을 짐작도 하려니와 그놈의 주먹
도 아니 생각할 수가 없었다. 계집이 먹여 살리
라는 말이 없고 이혼하자는 말만 없는 것이 다
행해서 서방질을 해도 눈을 감아 주고 무슨 짓
을 하든지 그저 코대답만 하여 주는 터이라 그
런 소리가 귓전으로 들릴 뿐이다.

"내가 행실 잘못 가진 게 무어요?"

안협집은 분풀이라도 하여 줄 줄 알았더니 도
리어 타박을 주므로 분한데 악이 났다.

"글쎄 무어야! 무엇? 어디 대봐요! 임자가 내
행실 그른 것을 보았소. 어디 보았거든 본 대로
말을 하시우."

딴은 김삼보는 집어서 말할 것이 없었다. 그는

그저 그런 눈치만 채었지, 반박할 증거는 잡은 것이 없다.

"본 거나 다름없지?"

"무엇이 본 거나 다름없어? 일 년 열두 달 계집이 죽거나 살거나 내버려두었다가 이제 와서 한다는 소리가 그것밖에 없어? 살기가 싫거든 그대로 살기 싫다고 그래! 사내답게. 왜 고만 냄새가 나지? 또 어디다가 계집을 얻어 논 게지."

"이년이 뒈지지를 못해서 기를 쓰나?"

"그렇다, 이놈아! 네까짓 녀석 아니면 서방 없을까 봐 그러니, 더러운 녀석?"

김삼보의 주먹은 안협집의 등줄기를 후렸다.

"이년, 그래도 잔소리야. 주둥이 좀 닫치지 못하겠니."

이렇게 서로 툭탁거리며 싸우는 판에 뒷집에

서 삼돌이란 놈이 이 소리를 듣고서 가장 긴한 척하고 따라왔다.

"삼보 김서방, 언제 오셨소?"

하고 마당에 들어섰다. 김삼보는 그놈의 상판을 보니까 참았던 분이 꼭두까지 올라온다. 삼돌이는 제법 웃음을 띠우고,

"허허, 오래간만에 만나세서 내외분 싸움이 웬일이시우?"

어디서 한잔을 하였는지 얼굴이 불콰하다.

김삼보는 눈을 흘겨 뚫어지도록 삼돌이를 쳐다보았다.

"이놈아! 남이 내외 싸움을 하든 말든 참견이 무어야?"

삼돌이란 놈은 주춤하였다. 그는 비지 같은 눈곱이 낀 눈을 끔벅끔벅하더니,

"그렇게 역정 내실 것 무엇 있수. 말 좀 했기

로⋯⋯."

"이놈아, 네가 아랑곳할 게 무어야?"

"아랑곳은 할 것 없어도 흥정은 붙이고 싸움은 말리랬으니까 말이오. 나는 싸움 좀 못 말린단 말이오?"

하고 술 냄새를 풍기며 다가앉는다.

"이놈아, 술을 먹었거든 곱게 삭여?"

이번에는 삼돌이란 놈이 빌붙는다.

"나, 술 먹고 어찌하든 김서방이 관계할 게 무어요."

"이놈아! 남의 내외 싸움에 참견을 하니까 그렇지."

주고받다가 삼돌이의 멱살을 김삼보가 쥐었다.

"이 녀석, 네가 무슨 뻔뻔스럽게 이 따위 수작이냐? 내 계집 이놈 왜 건드렸니?"

삼돌이는 조금 발이 저렸으나 속으로 흥 하고

웃었다.

"요까짓 게 누구 멱살을 쥐어? 앙징하게."

하더니 김삼보의 팔을 잡아 마당에다가 내리 갈기니 개구리 떨어지듯 캑 한다.

"요놈의 자식아! 내 말을 좀 들어 보고 말을 해! 네 계집 힘절을 모르고 덤비기만 하면 강산이냐? 이 동리 반반한 사내양반 쳐놓고 네 계집 건드리지 않은 놈이 없다. 이놈! 꼭 집어 말을 하라면 위에서 아래로 내리섬기마. 이놈, 너도 계집 덕분에 노자냥 노름밑천 푼 좋이 얻어 썼지. 그래 집이라고 오면서 볼 받은 것이나마 옥양목 버선 벌이나 얻어 가지고 가는 것은 모두 어디서 나온 것으로 아니? 요 땅딸보 오리궁둥아! 아무리 속이 밴댕이 같기로. 그리고 또 들어 봐라. 나중에는 주워 먹다 못해서 뽕지기까지 주워 먹었다."

안협집이 파래서 달려든다.

"이놈! 네가 보았니?"

"보나 안 보나 일반이지."

"이 녀석, 네 말을 듣지 않으니까 된말 안 된 말 주둥이질을 하는구나."

동리사람들이 모여들었다. 안협집은 삼돌이에게 발악을 하고 김삼보는 듣고만 있다.

한참 있더니 듣다듣다 못하는 듯이 삼돌이란 놈이 안협집에게로 달려들며,

"이년이 뒈지려고 기를 쓰나?"

하고 주먹을 들었다. 동리 사람들이 호령을 하고 말렸다.

"이놈! 저리 얼른 가거라?"

이놈은 변명을 하며 뻗딩겄디. 그리니 여리 시람에게 끌려 저리로 가버렸다.

사람이 헤어지자 노름꾼은 계집의 머리채를

잡았다.

　그는 삼돌이에게 태질을 당한 것이 분하였다. 그뿐 아니라 그렇게까지 계집년의 행실을 온 동리에서 아는 것이 분명하였다.

　"이년! 더러운 년! 뽕밭에는 몇 번이나 갔니?"

　발길로 지르고 주먹으로 패고 머리채를 잡아당기고 땅에다 질질 끌었다. 그는 이를 갈고 어쩔 줄을 몰랐다. 계집은 울고 발버둥질을 쳤다.

　"죽여라! 죽여?"

　"그럼 살려 줄 줄 아니? 이년! 들어앉아서 하는 게 그런 짓밖에는 없어."

　김삼보는 자기의 무딘 팔다리가 계집의 따뜻하고 연한 몸에 닿을 때에 적지 않은 쾌감을 느끼었다. 그는 그럴수록 더욱 힘을 주어 때리도록 속에 숨겨 있던 잔인성이 북받쳐 올라왔다.

맞은 안협집은 당장에 죽을 것 같았다. 그는 생각하기를 '이왕 이리된 바에야 모두 말해 버리고 저하고 갈라서면 고만이지 언제는 귀밑머리 풀고, 사주단자 보내고, 사당에 예배드린 내외냐. 저는 저고 나는 난데, 왜 이렇게 때리노?' 하는 맘이 나며,

"이것 놔라! 내 말하마?"

하고 머리를 붙잡았다.

"뽕밭에는 한 번밖에 안 갔다. 어쩔 테냐?"

삼보는 더욱 머리채를 잡아챘다.

"이년! 한 번?"

이번에는 더 때렸다. 안협집은 말한 것이 후회가 났다. 삼보는 그래도 거짓말을 한다고 그대로 엎어 놓고 짓밟았다. 안협집은 기절을 하였다. 삼보는 귀로 안협집의 숨소리를 들어 보았다. 그러나 숨소리가 없다. 그는 기겁을 하여

약국으로 갔다. 그의 팔다리는 떨렸다. 그가 의사에게서 약을 지어 가지고 왔을 때, 안협집은 일어나 앉아 있었다. 삼보는 반갑기도 하고 분하기도 하여 약을 마당에 팽개쳤다. 그리고 밤새도록 서로 말이 없었다. 이튿날은 벙어리들 모양으로 말이 없이 서로 앉아 밥을 먹고, 서로 앉아 쳐다보고, 서로 말만 없이 옷도 주고받아 갈아입고 하루를 더 묵어 삼보는 또 가버렸다. 안협집은 여전히 동리 집 공청 사랑에서 잠을 잤다. 누에는 따서 30원씩 나눠 먹었다.

317

■ 행랑자식

———— 나도향

—

1

어떠한 날, 춥고 바람 많이 불던 겨울밤이었다. 박 교장의 집 행랑에서 글 읽는 소리가 나더니 꺼져 가는 촛불처럼 차츰차츰 소리가 가늘어 간다. 그러다가는 다시 옆에서 어린애 입에 젖꼭지를 물리고서 졸음 섞어 꽥 지르는 소리로,

"어서 읽어?"

하는 어머니 소리에 다시 글소리는 굵어진다.

나이는 열두 살. 보통학교 사년 급에 다니는

'진태(鎭泰)'라는 아이니 그 박 교장의 집 행랑 아범의 아들이다.

왱왱 외우던 글소리는 단 이 분이 못 되어 다시 사라졌다. 그리고는 동리 집 시계가 열한시를 치는 소리가 들리더니 사면은 고요하였다.

2

이튿날 날이 밝은 뒤에 보니까 온 마당, 지붕, 나뭇가지에 눈이 함박같이 쏟아졌다. 그런데 아직까지도 눈이 다 끝나지 않고 보슬보슬 싸라기눈이 내려온다.

진태는 문 뒤에 세워 놓았던 모지랑비를 들고 나섰다. 처음에는 새로 빨아 펼쳐 놓은 하얀 요 위에 뒹구는 것처럼 몸 가볍고 마음 상쾌한 기분으로 빗자루를 들었으며 모지랑비와 약한 자기 팔로써 능히 그 많은 눈을 쳐버릴 줄 알았으나 두어 삼태기를 가까스로 퍼버리고 나니까 팔이 떨어지는 것 같고 허리가 부러지는 듯하였다. 그러나 아니 칠 수는 없었다. 날마다 아침에 일어나서 마당을 쓰는 것이 자기의 직분이다.

어머니는 안으로 밥을 지으러 들어가고 아버지는 병문으로 인력거를 끌러 나갔다.

한두 삼태기를 개천에 부은 후에 다시 세 삼태기를 들고서 낑낑하면서 개천으로 간다. 두 손끝은 눈에 녹아서 닭 튀해 뜯을 때 발 허물 벗겨 내듯 빠지는 듯하고 발끝은 저려서 토막을 내는 듯하다.

그는 발을 억지로 옮겨 놓았다. 눈 든 삼태기가 자기를 끌고 가는 듯하다. 그렇게 그가 길 중턱까지 갔을 때, 그의 팔의 힘은 차차 없어지고 다리에 맥이 휙 풀리었다. 그래서 그는 손에

들었던 눈 삼태기를 탁 놓치었다. 그러자 누구
인지,

"이걸 좀 봐라."

하는 어른의 호령 소리가 바로 자기 머리 위
에서 들리자 고개를 쳐들고 보니까 교장어른이
아침 일찍이 어디를 다녀오시다가 발등에다가
눈을 하나 잔뜩 덮어쓰시고 역정 나신 얼굴로
자기를 내려다보고 계시다. 진태는 그만 얼굴이
홧홧하여졌다. 그리고 아무 말도 못 하고 그대
로 멀거니 서 있었다. 그는 무엇으로 그 미안한
것을 풀어야 좋을지 알지 못하였다. 그러다가
하얀 새 버선에 검은 흙이 섞인 눈이 묻어 있
는 것을 보고서 자기의 손으로 그것을 털어 드
리면 얼마간 자기의 죄가 용서되리라 하고서 허
리를 구부려 두 손으로 그 버선등을 털어 드리
려 하였다. 그러나 교장은 한 발을 탁 구르시더

니,

"고만두어라. 더 더럽는다." 하시고서,

"엥?"

하시며 안으로 들어가시었다. 진태는 무참하였다. 손에는 어제 저녁에 습자 쓰다가 묻은 먹이 꺼멓게 묻어 있다. 털어 드리면 잘못을 용서하실 줄 알았더니 더 더러워진다고 핀잔을 주시고 역정을 더 내시는 것 같다. 그래서 그는 어떻게 해야 좋을지 알지 못하여 그대로 멀거니 서 있었다. 무참을 당하여 얼굴도 홧홧하고 두 손에서는 불이 난다.

그래서 그는 안으로 들어가지 못하고 행랑 자기 방으로 들어가다가 안마루 끝에서 주인마님이,

"아 그 애녀석도, 눈이 없는가? 왜 앞을 보지 못해?"

하는 소리를 듣고서는 쥐구멍으로라도 들어가 버리고 싶도록 온몸이 옴츠러졌다. 그리고는 자기 뒤로 따라 나오며 주먹을 들고서 때리려 덤비는 자기 어머니가,

"이 망할 녀석, 눈깔을 언다 팔아먹고 다니느냐?"

하고 덤비는 듯하여 질겁하여 방 안으로 들어갔다.

아니나 다를까, 조금 있더니 보기 싫은 젖퉁이를 털럭털럭하면서 어머니가 쫓아 나왔다.

"이 망할 녀석, 눈깔이 없니? 나리마 냄새 버선에다가 그것이 무엇이냐? 왜 그렇게 질뚱바리냐, 사람의 자식이."

어머니는 그래도 말이 적었다. 그리고는 그는 다시 안으로 들어갔다.

진태는 간이 콩알만 하게 무서운 것은 둘째

쳐놓고, 웬일인지 분한 생각이 난다. 아무리 생각을 하여도 자기 잘못 같지는 않다. 자기가 눈 삼태기를 들고 가는데 교장어른이 딴생각을 하면서 오시다가 닥뜨린 것이지 자기가 한눈을 팔다가 그리한 것은 아니다.

그래서 웬일인지 호소할 곳이 없어 그는 그대로 방바닥에 엎드러졌다. 그리고는 고개를 두 팔로 얼싸안고 자꾸자꾸 울었다. 그는 눈물이 방바닥에 떨어지는 것을 알았다. 삿자리 깐 그 밑으로 흙내가 올라오는 것을 맡았다. 그리고는 어머니도 걱정을 하고 아버지도 걱정을 할 터요 더구나 아버지가 이것을 알면 돌쩌귀 같은 손에 얻어맞을 것을 생각하매 몸서리가 난다. 그는 신세 한탄할 문자를 모르고 말도 모른다. 어떻든 억울하고 분하였다. 그렇다고 어디 가서 호소할 데도 없었고 분풀이할 곳도 없었다.

그는 방바닥에 한참 엎드려서 느껴 가면서 울고 있을 때 방문이 펄석 열리었다. 그는 깜짝 놀랐으나 돌아다보지도 않았다. 그의 생각에는 그 문 여는 사람이 어머니려니 하였다. 그래서 약한 마음에 이렇게 우는 것을 보면 어머니는 나를 위로하여 주려니 하였다. 그래서 어머니가 일어나라고 하기만 기다렸다.

그러나 한참 아무 소리가 없더니,

"얘?"

하고 험상궂게 부르는 사람은 자기 아버지다. 그는 위로를 받기커녕 벼락이 내릴 것을 그 찰나에 예감하였다. 그는 눈물이 쏙 들어가고 온몸이 선뜩하였다.

이번에는 꽥 지르는 소리로,

"얘, 일어나 거라, 이것아."

하는 아버지의 성난 얼굴이 엎드린 속으로 보

인다. 그는 그러나 벌떡 일어나지는 못하였다. 자기 눈 가장자리에는 눈물이 묻었다. 그 눈물을 보면 반드시 그 우는 곡절을 물을 터이다. 그 대답을 하면은 결국은 벼락이 내릴 터이다. 그래서 일어나지도 못하고 그대로 있지도 못하고 그의 가슴은 초조하였다.

두 발이 성큼 방 안으로 들어오는 듯하더니 무쇠 갈고리 같은 손이 자기 저고리 동정을 꿰들어 번쩍 쳐들었다. 그는 쇠관에 매달린 쇠고기 모양으로 반짝 들리었다.

"울기는 왜 우니?"

하는 그의 아버지도 자식 우는 것을 볼 때 어떻든 그 눈물을 동정하는 자정(慈情)이 일어나는지 목소리가 조금 낮아지며 또는 웃음이 섞이었으니, 그것은 그 눈물 나는 마음을 위로하려는 본능이다.

"왜 울어?"

대답이 없다.

"글쎄, 왜 우니?"

가슴이 타나 대답할 수는 없었다.

"엄마가 때려 주든?"

진태는 고개를 내흔들며 느껴 울었다.

"그러면 왜 우니? 꾸지람을 들었니?"

"아……뇨."

진태는 다시 고개도 흔들지 않았다.

"그럼 왜 울어. 말을 해."

아버지는 화가 나는 것을 참았다. 그리고는,

"이 자식아! 말을 해라. 왜 벙어리가 되었니? 말이 없게?"

하고서는 무슨 생각을 하었는지 어러 번 디일러 보다가,

"웬일이야?"

하고 혼잣말을 하더니 바깥으로 나아간다. 그것은 근자에 볼 수 없는 늘어진 성미였다. 아마 어멈에게 물어 볼 작정이었던 것이다.

아범은 문 밖으로 나갔다. 그러더니 다시 들어오며,

"삼태기27) 어쨌니? 응, 삼태기?"

하며 안팎으로 들락날락하는 서슬에 안 부엌에서 어멈이 설거지를 하면서,

"왜 아까 진태가 마당을 쓴다고 가지고 나갔는데." 하고,

"걔더러 물어 보구려." 한다.

아범은 화가 나는 듯이,

"그런데 쭉쭉 울고 있으니 무엇이라고 그랬나?"

---

27) 삼태기, 흙이나 쓰레기, 거름 따위를 담아 나르는 데 쓰는 기구. 가는 싸리나 대오리, 칡, 짚, 새끼 따위로 만드는데 앞은 벌어지고 뒤는 우긋하며 좌우 양편은 울이 지게 엮어서 만든다.

하며 어멈을 본다.

그러자 안마루에서 마님이 무엇을 보다가 운다는 소리를 듣더니 미안한 생각이 났던지,

"아까 눈인가 무엇인가 친다고 나리마님 발등에다가 눈을 쏟았다네. 그래서 어멈이 말마디나 한 것인 게지."

아범의 눈은 실룩해졌다. 그리고는 잡아먹을 짐승에게 덤비려는 호랑이 모양으로 고개가 쓱 내밀리더니 어깨가 으쓱 올라간다. 그리고는 아무 말 없이 바깥 행랑으로 나간다.

바깥으로 나온 아범은 다짜고짜로 방문을 열어 젖뜨렸다. 그의 생각에는 주인나리의 발등에 눈 엎은 것은 외려 둘째이다. 삼태기 하나 잃어버린 것이 자기 자식을 쳐 죽이고 싶도록 아깝고 분하고 망할 자식이다.

"이 녀석."

자기 아들을 움켜잡았다.

"이리 나오너라."

진태는 두 손 두 다리를 가슴에다 모으고서 발발 떨면서 자기 아버지만 쳐다본다.

"이 망할 자식, 울기는 애비를 잡아먹었니. 에미를 잡아먹었니? 식전 아침부터 홀짝홀짝 울게."

하더니 돌덩이 같은 주먹이 그의 등줄기를 보기 좋게 울리었다.

"에그 아버지, 에그 아버지."

하며 볶아치는 소리가 줄을 대어 나왔으나 그 뒷말은 없었다. 매를 맞는 진태도 '잘못했습니다!'를 조건 없이 할 수는 없었다.

"무어야 아버지! 이 녀석, 이 망할 자식."

하고서는 사정없이 들이 팬다.

울고, 호령하는 소리가 야단스럽게 나니까 어

멈이 안에서 뛰어나오며,

"인제 고만두, 고만둬요. 요란스럽소."

하고 만류를 하나,

"이게 왜 이래. 가만있어. 저리 가요."

하고 팔꿈치로 뿌리치고는,

"이놈아, 그래 눈깔이 없어서 나리마님 버선에다가 눈을 들이 부어놓고, 또 무엇에 마음이 팔려서 삼태기를 밖에다가 놓아 두어 잃어버리게 했니? 응, 이 집안 망할 자식?"

아범의 손이 자기 아들의 볼기짝, 등어리, 넓적다리 할 것 없이 사정없이 때릴 때마다 어린 살에는 푸르게 멍이 들고 피가 맺힌다.

그러할 때마다 아범의 목소리는 더한층 높아지고 떨리고 슬픔과 호소가 엉키었다. 그는 자기 아들을 때릴 때마다 눈앞에서 자기 손에 매달려 애걸하는 자기 아들이 보이지 않고 안방

아랫목에 앉아 있는 주인나리가 보인다. 그리고
는 자기 아들을 때리는 것 같지 않고 자기 주
인나리를 욕하고 원망하고, 주먹질하고 싶었다.

"인제 고만 좀 두."

하는 어멈은 자식을 가로챘다. 그래 가지고는
다시 자기 아들을 껴안았다.

3

그날 해가 세시나 넘어 4시가 되었다. 진태는
학교에 다녀왔다. 앞대문을 들어오려다가 보니
까 새로이 삼태기 하나를 사다 놓았다. 싸리나
무로 얽은 누렇고 붉은 삼태기를 볼 때 그의
매 맞은 자리가 다시 아프고 얼얼하다.

툇마루에 걸터앉으니까 어머니는 상에다 밥을
차려 가지고 방으로 들어오라고 부른다. 방 안
에는 모닥불이 재만 남았는데 인두 하나가 꽂히

어 있고, 또는 다 삭은 화젓가락28)과 부삽 하나
가 꽂혀 있다.

어머니는 누더기 천에다가 작년에 낳은 어린
애를 안고서 젖을 먹인다. 어린애는 젖꼭지를
물고서 입을 오물오물하면서 한 손으로 다른 쪽
젖꼭지를 만진다.

진태는 그 동생을 볼 때 말없이 귀여웠다. 그
래서 손가락으로 볼따구니도 건드려 보고, 엇구
엇구 혓바닥소리를 내어서 얼러 보기도 하였다.

어린애는 벙싯 웃었다. 그리고는 젖꼭지를 쑥
빼고서 진태를 돌아다보았다.

어머니는 침착한 얼굴로 어린애의 손가락만
만지고 있더니,

"옜다."

하고 어린애를 내밀면서,

28) 화젓가락, 또는 '부젓가락' 화로에 꽂아 두고 불덩
이를 집거나 불을 헤치는 데 쓰는 쇠 젓가락.

"좀 업어 주어라."

하고서 어린애를 곤두세운다. 그러자 진태는,

"밥도 안 먹고?"

하고 밥을 얼른 먹고서 어린애를 업었다. 그러나 진태의 집에는 아직 밥을 짓지 않았다. 어머니는 안에 들어가 밥을 지으려 하기는 해도 우리 먹을 밥은 지으려 하지 않는다.

진태는 어머니가 안으로 들어간 후 어린애를 업고서 방 안으로 왔다 갔다 하면서 밥을 짓지 않으니 아마 쌀이 없나 보다 하였다. 그리고는 아버지가 얼른 돌아와야 할 것이라 하였다.

진태는 뚫어진 창틈으로 바깥을 내다보면서 아버지가 혼자 인력거를 끌어서 쌀 팔 돈을 가지고 오지나 않나 하고서 고대하였다.

그래도 미심하여서 그는 쌀 넣어 두는 항아리를 들여다보았다. 들여다보니까 겨 묻은 쌀바가지가 시꺼먼 항아리가 콩 빈 데 들어 있을 뿐이다. 진태는 힘없이 뚜껑을 덮고서 섭섭한 마음으로 방 안을 왔다 갔다 하였다. 어린애는 등에서 꼼지락꼼지락하고서 두 발을 비빈다.

'오늘도 또 밥을 하지 못하는구나.'

하고서 펄럭펄럭하는 문을 열고 쪽마루로 내려왔다.

내려와서는 냄비가 걸려 있는 아궁이 밑을 보았다. 거기에는 타다 남은 푼거리 장작이 두어 개 재속에 남아 있다.

그는 다시 장작 갖다 놓아두는 부엌 구석을 보았다. 부스러기 나무도 없다.

바람이 불어서 쓸쓸스러운 행랑의 씻은 듯한 살림살이를 핥고 지나가고 으슴츠름하게 어두워 가는 저녁 날은 저녁 못 지을 것을 생각하고 섭섭한 감정을 머금은 진태의 어린 마음을 눈물

나게 한다.

조금 있다가 어머니는 허둥지둥 나왔다. 아마 부엌에 불을 지피고 나온 모양이다. 진태의 눈에는 아궁이에서 타나오는 장작불을 한 발로 툭툭 차 넣던 어머니의 짚세기(짚신) 발이 보인다.

어머니는 나오면서 등에 업힌 어린애를 보더니,

"에그 추어! 저런, 무엇을 좀 씌워 주려무나? 하고서,

"남바위 어쨌니? 손이 다 나왔구나."

하더니 방으로 들어가 진태가 돌에 쓰던 것이니까 십 년이나 되는 남바위를 들고 나온다. 털은 다 떨어지고, 비단은 다 삭았다.

그것을 어린애를 씌워 주고 어머니는 다시 문밖을 내다보고 오 분이나 서 있었다. 진태는 그 서 있는 의미를 짐작하였다. 아버지 돌아오시기

를 기다리는 것이라.

그러다가 어머니는 갑자기 덜미에서 누가 딱 하고 놀래는 것처럼 깜짝 놀라며 다시 안으로 들어가려고 돌아섰다. 그때 진태는,

"저녁 하지 않우."

하고서 어머니 뒤를 따라 들어갔다. 어머니는 화가 나고 초조하던 판에,

"밥도 쌀이 있고 나무가 있어야지."

하고 소리를 꽥 지른다. 진태 잔등에 업혀 있던 어린애가 깜짝 놀라며 와 운다.

진태는 어린애를 주춤주춤 추슬러 달래면서 아무 말 못 하고 섰었다.

어머니는 다시 안으로 들어갔다. 진태도 따라 들어갔다. 그리고는 부엌 앞에 앉아서 불을 넣고 앉았었다.

4

날이 어둡고 전깃불이 켜지었으나 밥을 하지 못하였다.

그리고 아버지도 아직 돌아오지를 않는다. 진태 어머니는 상을 차려 드리고 바깥으로 나오려고 하니까, 마님이,

"어멈."

하고 부르신다.

"네."

하고서 어멈은 문을 열려다가 다시 돌아다보았다.

"오늘 저녁을 하였나?"

어멈은 조금 주저주저하다가,

"먹을 것 있어요."

하고서 부끄러운 웃음을 웃었다.

"아범 들어왔나?"

"아직 안 들어왔어요."

"그럼 저녁도 짓지 못하였겠네그려."

어멈은 아무 말도 없었다. 마님은 벌써 알아채고서,

"그래서 되겠나? 어린것들이 치워서 견대겠나." 하고서,

"자, 이것이나."

하고서 상 끝에 먹다 남은 밥을 이 그릇에서 저 그릇으로 모아 놓으면서,

"그놈도 들어오라구 그래. 불도 안 땐 모양이지? 추어서들 견디겠나. 어른은 괜찮겠지마는 어린애들이……." 하고서,

"어서 그놈도 들어오라고 해."

하며 어멈을 쳐다본다. 어멈은 나행이 여기 비깥으로 나오며,

"얘, 진태야?"

하며 진태를 부른다.

"왜 그러세요?"

진태는 문 밖에 섰다가 문 안으로 들어오며 묻는다.

"들어가자?"

"어디로?"

"안으로 말이야. 마님이 밥 먹으러 들어오라신다."

진태의 얼굴은 당장에 새빨개지더니,

"왜 아버지 들어오시거든 밥을 지어 먹지."

"어디 들어오시니."

"언제든지 들어오시겠지."

"들어가. 부르시니."

진태는,

"싫어요."

하고서 돌아섰다. 진태의 마음에는 아까 아침

에 나리의 버선등을 더럽힌 것을 생각하매 다시 마님의 낯을 뵈옵기도 부끄러웁거니와 아무것도 잘못한 것이 없는데 아버지에게 매를 맞게 한 것이 분하기도 하였다. 그런데다가 안방에는 자기와 동갑 되는 교장의 딸이 자기와 같은 학교 여자부에 다니는데 그 계집애 보기에 매 맞은 것이 부끄럽다.

"애, 나중에는 별소리를 다 듣겠네. 어서 들어가자."

어머니는 재촉을 한다.

"어서 들어가."

진태는 심술궂게,

"싫어요. 나는 밥 얻어먹으러 들어가기는 싫어요."

하고 소리를 질렀다.

"빌어먹을 녀석, 기다리셔, 안에서."

"기다리시거나 말거나 나는 안 들어가요."

어멈 마음에도 자기 아들의 말하는 것이 잘못이 아니었다. 그리고 꾸짖기는 고사하고 동정할 만한 일이었으나 그래도 당장에 배고파할 것과 또는 자기도 밥을 먹어야지만 어린애 젖을 먹일 것이다. 그래서 자기 아들의 굳은 의지를 어머니 된 위력으로 꺾지 않을 수 없었다.

"안 들어갈 터이냐."

그 말을 하고 부지깽이를 찾는 척할 때 그는 웬일인지 하지 못할 짓을 하는 비애를 깨달았다.

"싫어요."

진태는 우는 소리로 거절하였다.

"싫으면 밥 굶을 터이냐?"

"굶어도 좋아요."

"어디 보자. 어린애나 이리 내라."

어린애를 안고서 어머니는 안으로 밥을 얻어
먹으러 들어갔다. 그러나 진태는 방에 들어가
깜깜한 속에 드러누워 있었다.

그날 어째 그렇게도 섧고 분하고 쓸쓸한지 모
르겠다. 어째 이런가 하는 생각이 난다. 그리고
아버지나 얼핏 들어왔으면 좋겠다 하였다.

10분이 못 되어 어머니는 다시 나왔다.

"얘."

하고 문을 열고 고개를 들이밀며,

"마님이 들어오래 신다. 어서, 어서."

진태는 그대로 누운 채 다시 돌아누우며,

"싫어요, 안 들어가요."

"나리가 걱정하셔."

"싫어요, 글쎄."

어멈은 다시 들어갔다. 그리고 오 분이 못 되
어 또 나오는 소리가 들렸다. 그러더니 이번에

는 문을 열고서,

"그럼, 옜다?"

하고 무엇을 내민다.

진태는 방바닥이 차디차고 찬바람이 문틈으로 스쳐 들어오는 것을 막기 위하여 이불을 내리덮고 새우잠을 자다가 어머니 소리를 듣고서,

"무엇예요."

하다가 얼른 속소리29)를 잡아당겼다.

"자, 밥이다. 먹고 드러누워라. 이 치운데 저것이 무슨 청승이냐."

진태는 온 전신을 사를 듯이 부끄러운 감정이 확 흐르며,

"글쎄 싫다니까. 안 먹어요. 먹기 싫어요."

어머니는 들어왔다. 진태를 밀국수 방망이 밀듯이 흔들흔들 흔들면서 타이르고 간청하듯이,

---

29) 속소리, [충청 방언] 열매가 잘고 씨가 많은 재래종 감.

"일어나 거라, 응! 일어나."

진태는 더욱 담벼락으로 가까이 가며,

"싫어요. 나는 배고프지 않아요."

하고서 고개를 이불로 뒤어쓰고 아무 말이 없다.

"고만두어라. 너 배고프지 나 배고프겠니?"

하고서 그대로 안으로 들어가려 할 때,

"에 추워."

하고서 들어오는 사람은 자기 아버지다. 어멈과 아범은 맞닥뜨렸다.

"이건 눈깔이 빠졌나. 엑구 시……."

하며 아범이 소리를 질렀다.

"어두워서 보이지를 않는구려."

하고서 여성답게 미안한 어조로 어멈은 말을 한다. 이 한번 닥뜨린 것이 빈손으로 들어오는 자기 남편을 몰아셀 만한 용기를 꺾어 버리었고 주머니 속이 비어 있는 아범은 또한 큰소리를 할 만한 용기를 줄게 하였다.

"어떻게 되었소?"

"무엇이 어떻게 돼? 큰일 났어, 큰일. 벌이가 있어야지. 저녁은 어떻게 했나?"

"여보, 그 정신 나간 소리는 좀 두었다 하우. 무엇으로 저녁을 해요."

아범은 아무 소리 못 하고 방 안으로 들어갔다. 진태는 일어나 앉았다. 그리고는 속으로 반갑기는 그만두고 한 가닥의 희망까지 끊어져 버리었다.

"그럼 어떻게 하나?"

아범은 불 켤 것도 생각지 않고서 한탄을 한다.

"그래 한 푼도 없소?"

"아따, 이 사람! 돈 있으면 막걸리 먹었게."

막걸리라는 소리가 어멈의 성미를 거웠다.

"막걸리가 무어요? 어린 자식들은 치운 방에서 배들이 고파서 덜덜 떠는데 그래도 막걸리요. 그렇게 막걸리가 좋거든 막걸리장사 마누라나 하나 데리고 살거나 막걸리 독에 가서 거꾸로 박히구려. 그저 막걸리, 막걸리 하니 언제든지 막걸리 신세를 갚고야 말 터이야. 저러다가는."

"글쎄 그만둬요. 또 여우 모양으로 톡톡거려. 엥, 집에 들어오면 여편네 꼴 보기 싫어서."

하고 입맛을 쩍쩍 다신다.

진태는 옆에서 그 꼴만 보다가 불을 켜고 있었다.

"그럼 저녁을 먹어야지."

하고서 아범은 꽤 시장한 모양으로 없는 궁리를 하려 하나 아무 궁리도 없다.

"이것이나 먹구려."

하고 어멈은 진태를 주려고 국에다 만 밥을
내놓으니까,

"그게 무어야."

하고 숟가락으로 두어 번 떠먹어 보더니,

"너 저녁 먹었니?"

하고서 진태를 돌아다본다. 진태는 말을 하려
야 할 수도 없거니와 말하기도 전에 어멈이,

"안 먹었다우."

하고 진태를 책망도 하고 원망도 하는 듯이
흘겨보았다.

"왜?"

하고 아범은 숟가락을 든 채로 그대로 있다.

"누가 알우, 먹기 싫다는 것을."

"그럼 배고프겠구나."

하고서 밥그릇을 내놓으면서,

"좀 먹으련?" 하니까,

진태는,

"싫어요."

하고서 멀리 피해 앉는다.

"왜 그러니."

"먹을 마음이 없애요."

삼십 분쯤 지났다. 문 밖에서 어멈이,

"진태야! 진태야?"

하고 부른다. 진태는 그 부르는 어조가 너무 은밀한 듯 하므로,

"네."

대답 한 번에 바깥으로 나갔다. 어머니는 대문 간에 손에다가 무엇인지 가느다란 것을 쥐고 서 있다.

"저."

하고 어머니는 헝겊에 싼 그것을 풀더니,

"이것 가지고 전당국에 가서 칠십 전이나 80

전만 달래 가지고 싸전에 가 쌀 닷곱만 팔고, 나무 열 냥 어치만 사가지고 오너라." 한다.

진태는 얼른 알아채었다. 옳지, 은비녀로구나. 자기 집안에 값진 것이라고는 어머니 시집올 때 가지고 온 그 비녀 하나하고 굵다란 은가락지뿐이다.

진태는 그것을 받아 들었다. 그리고는 전당국을 향하여 간다. 전당국이 잡화상 옆에 있는 것이 제일 가깝고 조금 내려가면 이발소 윗집이 전당국이다. 그러나 첫째 집은 가지를 못한다. 그것은 그 전당국 주인의 아들이 자기하고 같은 학교를 다니니까 만일 들키면 창피할 것이요, 부끄러울 것이라. 그래서 그 집을 남겨 놓고 먼저 아래 전당국으로 가리라 하였다. 그는 팔짱을 끼고 웅숭그리고서 전당국으로 들어가려 하니까 어째 누가 손가락질을 하는 것 같고 구차함을 비웃는 듯하다. 그리고 그 전당국 주인까지도 자기의 구차한 것을 호령이나 할 듯이 싫을 것 같다.

그러나 눈 딱 감고 들어가려 하니까 문간에다가 기중(忌中, 상중)이라 써 붙이고 문을 닫아 버렸다.

'기중.' 사람이 죽었구나 하고서 생각하니 그 몇 분 동안에 자기 마음이 긴장되었던 것은 풀려진다.

그러면 이번에는 하는 수 없이 그 동무 아버지의 전당국으로 가야 하겠다.

한 발자국이라도 더디게 떼어 놓아 그 전당국으로 들어설 때 가슴은 거북하고 머리에는 열이 올라와서 흐리멍덩하다.

기웃이 들여다보니까 아무도 없다. 혹시 동무 학동이나 만나지 않을까 하였더니 사무 보는 어른이 한 분 앉아 있고 아무도 없어 아주 다행이다.

그는 정거장 표 파는 데처럼 철망으로 얽고 또 비둘기 창구멍처럼 뚫어 놓은 곳으로 은비녀를 디밀었다. 신문을 보던 사무 보는 어른이 한 번 흘겨보더니,

"무엇이냐?"

하고서 소리를 꽥 지른다.

"이것 잡으세요?"

하는 소리는 떨리고 가늘었다. 사무 보는 이는 아무 말 없이 그것을 받아 들더니 저울에다가 달아 본다.

진태는 속마음으로 만일 저것을 잡지 않으면 어떻게 하나? 나쁜 것이라고 퇴짜를 하면은 어떻게 하나 하고 있을 때,

"얼마나 쓰련?"

하고 돈을 묻는다. 그는 겨우 안심을 하고서 돈 말하려다가 자기가 부르는 돈보다 적게 주면 어떻게 하나 하고서 도리어 그이더러,

"얼마나 나가요?"

하고 물었다. 그는 한참 있더니,

"1원이다." 한다.

그러면 자기 어머니가 얻어 오라는 것보다는 삼사십 전이 더하다. 그는 겨우 안심을 하고서,

"칠십 전 주세요." 하였다.

"네 이름이 무엇이냐?"

전당표에 이름이 쓰이는 것은 좋지 못하나 하는 수 없이 이름을 대었다.

사무 보는 이가 전당표를 쓰는 동안에 진태는 왔다 갔다 하였다. 그리고서 남에게는 전당 잡으러 온 체하지 않으려고 사면을 둘러보며 군소리를 하였다. 진태가 바깥을 내다볼 때, 누구인

지 덜미에서,

"진태냐?"

하는 어린애 소리가 들렸다. 그는 얼른 돌아다 보니까 거기에는 그 집 주인의 아들이 반가워 맞으며,

"어째 왔니?"

하며 나온다. 진태는 달아나고 싶었다. 그리고 는 될 수만 있으면 돈도 그만두고 피해 가고 싶었다.

"내일 산술 숙제 했니?"

어쩌면 그렇게 다정하게 물으랴? 그러나 진태 는,

"아니."

하고서 고개를 내저었다. 그의 얼굴은 진홍빛 같이 붉어졌다.

"얘, 큰일 났다. 나는 조금두 할 수가 없어?"

그의 말소리는 진태의 귀에 조금도 안 들린다. 내일 숙제는 고만두고 내일 학교에 가면 반드시 여러 동무들이 흉들을 볼 터이요, 또는 놀려 대임을 당할 것이다. 그리고 그의 앞에는 커다란 수남이가 보이며 장난에 괴수요 핀잔 잘 주고 못살게 굴기 잘 하는 그 불량한 학생이 보인다.

전당표와 돈을 받아 들었다. 이제는 싸전으로 갈 차례다. 석 되나 닷 되나 한 말 쌀을 파는 것은 오히려 자랑거리지마는 닷곱은 팔기가 참으로 부끄럽다. 구차한 것이 죄악은 아니지마는 진태에게는 죄지은 것처럼 부끄럽다. 그는 싸전에 가서 종이봉지에 쌀 닷곱을 싸들었다. 첫째 싸전쟁이가,

"왜 전대를 가지고 오지 않았어?"

꽥 소리를 한번 지르더니 딴사람의 쌀을 다 퍼주고야 종이봉지 하나가 아까운 듯이 가까스

로 닷곱 한 되를 퍼주었다.

　돈을 주고 나왔다. 쌀 든 손은 얼어서 떨어지는 듯하다. 한 손으로 귀를 녹이고 또 한 손으로는 번갈아 가며 쌀 봉지를 들었다.

　이번에는 나무가게로 갈 차례다. 나무가게로 갔다. 이십 전 어치를 묶었다. 그것을 새끼에다 질빵을 지어서 둘러메고 쌀은 여전히 옆에다 끼었다. 한길로 고개를 숙이고 가다가는 어깨가 아프고 손, 발, 귀가 시려서 잠깐 쉬다가 저쪽을 보니까 자기 집 들어가는 골목을 조금 못 미쳐서 학교 선생님 한 분이 오신다.

　진태는 얼핏 일어났다. 그리고 선생님이 골목까지 오시기 전에 먼저 그 골목으로 '들어가야 하겠다' 하였다. 그리고는 줄달음질하였다. 선생님은 아무것도 둘러메시었을 리가 없으므로 걸음이 속하시다. 자기는 힘에 닿지 않는 것을 둘러메었고 또 걸음이 더디다. 거의 선생님과 맞닥뜨리게 되었다. 그래서 앞도 보지 않고 골목으로 뛰어 들어가다가 거기서 나오는 사람과 마주쳤다.

"에쿠?"

하면서 손에 들었던 쌀이 모두 흩어지고 나무는 어깨에 멘 채 나가자빠졌다.

"이 망할 집 자식, 눈깔이 없니?"

하고 들여다보는 그이는 자기 아버지다. 진태는 그래도 뒤를 돌아다보았다. 벌써 선생님은 본체만체 지나가 버리시었다.

"이 망할 자식아, 쌀을 이렇게 흩트려서 어떻게 해?"

하며 아버지는 두 손으로 껌껌한 데서 그것을 쓸어서 바지 앞에다 담는다.

진태는 멍멍히 서 있다가 아버지에게 끌려서

집으로 들어갔다.

집에 들어가니까 어머니가 얼마나 받았으며, 얼마나 썼으며, 얼마나 남았느냐고 묻는다. 진태는 그 소리를 듣고서 전당표를 주었다.

그리고는 자세한 이야기를 하였다.

그러나 어머니는 진태의 잘잘못이 없었다. 유일한 보물을 전당을 잡혀서 팔아 온 쌀까지 땅에다 모두 엎질러 버린 것을 생각하매 그대로 있을 수 없을 만치 아깝고 분하다. 그래서

"이 망할 녀석, 먹으라는 밥을 먹지 않아서 밥이나 먹고 자라고 하겠더니……."

하고서 주먹을 들고 덤벼들며,

"어디 좀 맞아 보아라?"

하고서 또다시 덤벼든다. 진태는 아무것도 변명하지 않았다. 그러나 하루에 두 번씩 매를 맞게 되니까, 무엇이 원망스럽고 또 무엇을 저주

하고 싶었으나 그것이 무엇인지 알지 못하였다. 그래서 그는 한참 얻어맞고 혼자 울었다. 그는 위로해 주는 사람 하나 없고 쓰다듬어 주는 사람 하나 없었다.

그는 방구석에 틀어박혀서 한참 울다가 그대로 잠이 들었다. 꿈에는 억울한 꿈을 꾸었다.